光文社文庫

長編時代小説

螢籠

隅田川御用帳㈢

藤原緋沙子

光　文　社

※本書は、二〇〇三年五月に
廣済堂文庫より刊行された
『螢籠　隅田川御用帳〈三〉』を、
文字を大きくしたうえで、
さらに著者が大幅に加筆したものです。

目次

伝通院
小石川
白山
神明宮
中山道
駒込
小石川御門
水戸徳川家
春日町
水道橋
千駄木
御林
駒込追分
加賀前田家
本郷
道灌山
日暮里
霊雲寺
湯島聖堂
湯島天神
神田大明神
妻恋坂
不忍池
弁天
仲池町之端
築山藩の上屋敷
下谷広小路
外神田
東叡山寛永寺
根岸
谷中本村
下谷金杉町
御徒町
下谷の御徒組屋敷
下谷山崎町
三味線堀
向柳原
広徳寺
幡随院
下谷竜泉寺町
千住大橋
阿部川町
新吉原
新堀川
御蔵前片町
新旅籠町
日本堤
御蔵前通り
東本願寺
御米蔵
御蔵前
浅草寺
小塚原
田原町
浅草広小路
三間町
山谷町
御厩河岸之渡し
諏訪町
駒形町
並木町
雷門
新鳥越町
新鳥越橋
花川戸町
浅草駒形堂
竹町之渡し
吾妻橋
聖天町
山谷堀
今戸橋
今戸町
白鬚之渡し
源森橋
隅田川
竹屋之渡し
北割下水
瓦町
中之郷
源森川
小梅村
三囲稲荷
長命寺
向島墨堤
木母寺
隅田村
須崎村
寺島村
業平橋
小梅村
天神橋
押上村
十間川
亀戸天神

『隅田川御用帳』の世界
番町
半蔵御門
田安御門
西之御丸
虎之御門
外桜田御門
新シ橋
雉子橋御門
和田倉御門
江戸城
一橋御門
猿楽町
南町奉行所
幸橋
土橋
北町奉行所
富士見坂
神田橋御門
数寄屋橋御門
呉服橋御門
常盤橋御門
一至高輪
汐留橋
濱御殿
竜閑橋
鍛冶町
昌平橋
水谷町
京橋
数寄屋町
平永町
伊沢道場
築地の浴恩園
西本願寺
木挽町
今川橋
岩本町
内神田
日本橋
室町
神田川
佐久間河岸
神田相生町
本船町
八丁堀
弾正橋
楓川
海賊橋
大伝馬町
小伝馬町
柳原通
江戸橋
水谷町
八丁堀組屋敷
坂本町
中之橋
日本橋川
富沢町
馬喰町
横山町
浅草橋
神田佐久間町
稲荷橋
通塩町
船松町
高橋
新川
一ノ橋
行徳河岸
栄橋
両国広小路
米沢町
霊岸島
二ノ橋
浜町堀
十四郎の住む長屋
佃島
行徳川
薬研堀
柳橋
石川島
永代橋
新大橋
両国橋
隅田川
尾上町
熊井町
佐賀町
今川町
上之橋
万年橋
一ツ目之橋
元町
三ツ屋
松井町
相生町
松坂町
回向院
御竹蔵
橘屋
万年町
海辺大工町
要津寺
六間堀
慶光寺
越中島
永代寺門前山本町
海辺橋
高橋
常盤町
松井橋
二ツ目之橋
深川元町
弥勒寺橋
深川
仙台堀
小名木川
南割下水
蓬莱橋
浄心寺
五間堀
本所
富岡八幡宮
霊巌寺
亀久橋
竪川
雲光院
芝翫河岸
三ツ目之橋
三笠町
洲崎
木場
新高橋
入江町
横川
猿江橋
南辻橋
亀戸村
長崎橋
西
北
東
南
猿江町
御材木蔵
清水橋
横十間川
0
1km

慶光寺配置図

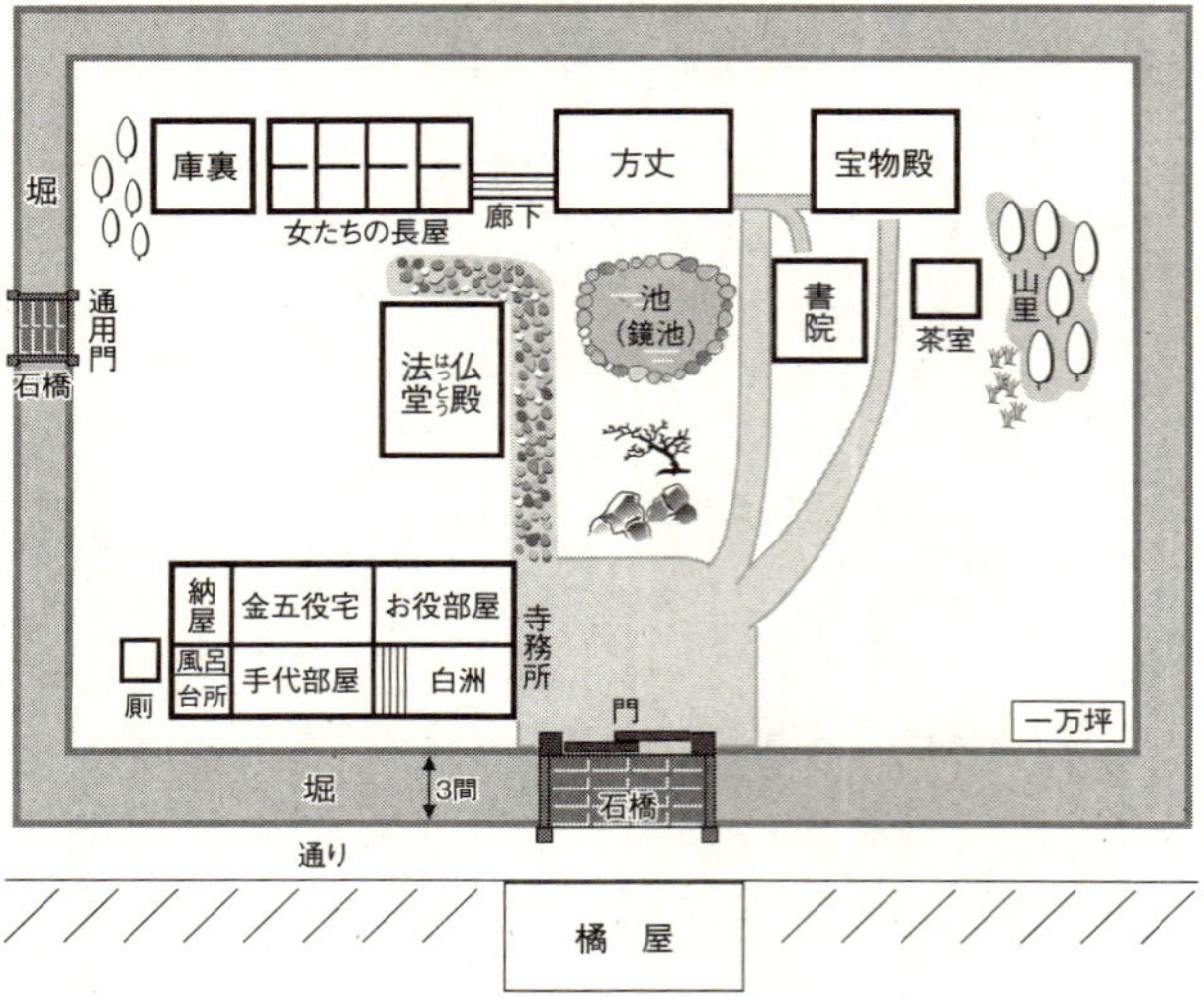

方丈《ほうじょう》　寺院の長者・住持の居所。

法堂《はっとう》　禅寺で法門の教義を講演する堂。他宗の講堂にあたる。

庫裏《くり》　寺の台所。住職や家族の居間。

「隅田川御用帳」シリーズ　主な登場人物

塙十四郎　築山藩定府勤めの勘定組頭の息子だったが、家督を継いだ後、御家断絶で浪人に。武士に襲われていた楽翁を剣で守ったことがきっかけとなり「御用宿　橘屋」で働くことに。一刀流の剣の遣い手。寺役人の近藤金五とはかつての道場仲間。

お登勢　橘屋のおかみ。亭主を亡くして以降、女手一つで橘屋を切り盛りしている。

近藤金五　慶光寺の寺役人。十四郎とは道場仲間。

藤七　橘屋の番頭。十四郎とともに調べをするが、捕物にも活躍する。

万吉　橘屋の小僧。孤児だったが、お登勢が面倒を見ている。

お民　橘屋の女中。

おたか　橘屋の仲居頭。

八兵衛　塙十四郎が住んでいる米沢町の長屋の大家。

松波孫一郎　北町奉行所の吟味方与力。金五が懇意にしており、橋屋ともいい関係にある。

柳庵　橋屋かかりつけの医者。本道はもとより、外科も極めている医者で、父親は表医師をしている。

万寿院（お万の方）　十代将軍家治の側室お万の方。落飾して万寿院となる。慶光寺の主。

楽翁（松平定信）　かつては権勢を誇った老中首座。隠居して楽翁を号するが、まだ幕閣に影響力を持つ。

螢籠

隅田川御用帳（三）

第一話　忍び雨

一

「では、こちらの武者人形でよろしゅうございますね」

十軒店《じっけんだな》の人形店『丸菱屋《まるびし》』の手代は塙十四郎《はなわじゅうしろう》に念を押すと、人形を箱詰めにするために、店の奥に消えた。

十四郎は、目の前に出された柏餅に手を伸ばして、丸菱屋の店先から通りを眺めた。改めて、これほどの賑わいだったのかと感嘆する。

十軒店は、日本橋《にほんばし》から今川橋《いまがわばし》にむかう路筋に位置しているが、通りを挟んでずらりと人形店が軒を並べ、端午《たんご》の節句を前にしたこの時期には、期限を切って、通りの真ん中にも小屋掛けがずっとむこうまで続いていた。

そこに、どこからやってきたものか、江戸の町民がどっと押し寄せ、目当ての人形や小物を物色している様は壮観だった。

武家も町人もなく、肩がすれ合おうが腰をはじかれようが、集う者は皆、我が子や孫や、親類縁者の男子の節句を祝おうとする喜びに溢《あふ》れていた。

こんな情景を見る限り、この江戸に、人を裏切り、欲のために殺しをするような者たちがいるなどとは信じられぬ。

だが、今日喜びを分かち合い、手を取りあった者たちも、明日は闇の中に息を潜めて暮らさねばならぬといった境遇に落とされることも、また事実であった。

幸せも不幸せも紙一重、一寸先は分からぬというところに、人々はひとときの喜びを、代え難いものだと思っているのかもしれない。

「おう……」

人の波が喚声を上げた。

すぐ近くの『石町《こくちょう》の時の鐘』が暮六ツ（午後六時）の時を告げはじめると、店にも小屋掛けにも、いっせいに灯が入り、忍び込んでいた薄闇は、眩《まぶ》しいばかりの灯の色に包まれた。

その光の中を、菖蒲刀《しょうぶがたな》を腰に差した町人の男の子が、誇らしげな顔をして、祖母に手を引かれて帰って行く。

その向こうには、小屋掛けに飾ってある旗指物《はたさしもの》をねだり、だだをこね、ひっくりかえって泣く男の子が見えた。

店売りには、値の張る甲冑《かっちゅう》や武者人形が並べられているが、小屋には幟《のぼり》や刀などの小物が置いてあり、どちらかというと小屋掛けに人だかりは多いように思われた。

「お待たせ致しました」

先程の手代が、木箱の包みをこしらえてきたところで、十四郎は茶碗の底に残っていた茶を啜り切ると、包みを抱えて腰を上げた。

人形の重みが、ふっと十四郎の顔をほころばせる。

――お筆《ふで》は、万寿院《まんじゅいん》様の心配りを喜ぶに違いない。

男児を出産し、ようやく床離れをしたお筆の白いやつれた顔と、紫の法衣《ほうえ》をまとい優しい目をして端然と座す、万寿院の姿が頭を過《よぎ》った。

お筆というのは、駆け込み寺『慶光寺《けいこうじ》』で、離縁までの二年間を修行している女であり、万寿院は慶光寺の主、もとは前将軍家治《いえはる》の側室だった人である。

十四郎は、慶光寺の門前にある寺宿『橘屋《たちばなや》』の雇われ人で、未亡人ながら橘屋の主を務めるお登勢《とせ》や番頭の藤七《とうしち》と、寺に駆け込んできた女たちの、離縁にかかわる訴訟の是非を調べる仕事に携わっていた。

離縁を望む駆け込みは、年月を追って増え続け、しかも駆け込んで来た女たちの背後には、尋常ならざる事件が隠れている場合が多く、殺しや刃傷沙汰も後を絶たず、十四郎は用心棒の役目も担っていた。

慶光寺には寺役人一人が常駐しているが、そういった調べにまで手が届く筈はなく、寺役人が駆け込み女を寺入りさせるかどうかの決裁をする、そのための調べや書類づくりが橘屋の役目であった。

そして、寺役人近藤金五《こんどうきんご》は十四郎の幼馴染み。主家《しゆか》が潰《つい》え浪人となった十四郎は、願ってもない職を得たと思っている。

しかし、今回のように、あろうことか寺に入った女が出産するなどということは、寺宿橘屋の調べが、不十分だったという他ない。

お筆が寺入りしたのは八か月前、その時すでに身籠《みご》もっていたということになるが、誰もそのことに気づかなかった。慶光寺で修行するお筆の仲間の女たちも、お筆は少々太ってきたのではないかなどと見ていたようだ。

産み月近くになって、お筆は懐妊していることに気づき、悩んだ末に、境内の木に帯を掛け、首を吊ろうとしていたところを、金五に見つかった。

金五は走りよって、木に掛けた帯を一刀で斬ったという。

お筆は地面に転げ落ちたが、この振動がもとで陣痛が始まって、寺の中は大騒ぎとなった。

だが、万寿院は少しも騒がず、お筆の陣痛の知らせを春月尼《しゅんげつに》から受けるやいなや、自身の小袖簞笥《こそでたんす》を産椅《さんい》のかわりにするよう申し付けて、出産の心得のある者に産婆の役目をさせ、寺内では無事出産を願って祈禱も行わせた。

十四郎とお登勢が駆けつけた時には、お筆は元気な男児を産み、産椅に寄りかかって座っていた。隣の部屋では産婆役の女が盥《たらい》の前に腰掛けて、自身の両足を盥につっこみ、産まれたての赤子を両足の間に俯《うつぶ》せにしてもたせ掛け、沐浴《もくよく》をさせていた。

まもなく、万寿院が春月尼をともなって現れた。

一同平伏《へいふく》したが、

「そのまま、そのまま……赤子《やや》が風邪をひいてはいけませぬ」

万寿院はまずそう言って障子を閉めさせ、お筆に向くと、

「元気なお子でよかったこと。筆は果報者じゃ」

と、優しい言葉を掛けた。

そして、襁褓《むつき》に包まれ、すやすやと眠っている赤子の頬を、白く細い指で愛しそうに撫でた。

「万寿院様、勿体《もったい》のうございます……ありがとうございました」

お筆は感きわまって涙をこぼした。

お筆でなくても、この時現れた万寿院の姿は、柔らかい陽の光を浴びた慈母観《じぼかん》音《のん》のように見えた。

万寿院は感涙するお筆の手をさすりながら、

「子は天からの授かりものじゃ。二度と死ぬなどと言うでない。この子の行く末は皆でじっくり考えましょう。この寺で赤子を育てることは叶いませんが、しかるべき里親に子を預けたとしても、我が子がこの世に生きていると思えば、どれほど、おまえの力になることか……これから、おまえを支えてくれるのはこの子ですよ。母親として、しっかりした生き方をして下さい」

万寿院は、労《いたわ》る言葉をかけた。

しかも、産後の肥立ちまで心配し、滋養のつくものを調理して食べさせるよう、台所方に言いつけた。

赤子の三日の祝い、七日の祝い、初めて産着を着せる時も「男子は左手から、女子は右手からですよ」などと、細かく差配《さはい》したのも万寿院だった。

端午の節句に、せめて武者人形で祝ってやりたいなどと言って、その役を十四郎に言いつけたのも、万寿院である。

「万寿院様は、先代将軍様のお胤《たね》を宿したことはない筈ですが、どうしてあのようにお産についてご見識があるのでしょうか。さすがといえばさすがですが……」

お登勢は言いながら、しきりに感心していた。いや、お登勢だけでなく、寺入りしている女たちも、素早い万寿院の心配りに驚いていた。

十四郎が、四月二十五日から五月四日までの節句の市の立つ日を見計らって、十軒店にやってきたのは、そういう仔細があったのである。

だが、たとえ万寿院から頼まれた買い物とはいえ、稚児《ちご》の祝い物を買うという行為は、妙に心が浮き立つものよと、十四郎は小屋掛けを覗きながら市の出口へぶらりぶらりと歩を進めた。

そういえば十四郎も、幼い頃、母が台所をやりくりした金で、武者飾りをして祝ってくれた事を思い出す。子供にとっても節句の祝いは、改めて父母の愛を知るものだと、この年になってもしみじみと身に染みる。

あれやこれやと懐かしく思い出して、初夏の宵の賑わいを楽しみながら歩いていた十四郎は、まもなく市が切れようとする小屋掛けに、人だかりができているのに気がついた。

人だかりは、異様な雰囲気に包まれていた。

その小屋掛けは、人形や小物の中古品を売っている店のようだが、店の主と、客と思《おぼ》しき中間《ちゅうげん》の男が睨み合っていた。

二人の間には、中古の武者人形があった。

中間は、どうやらそれを欲しいと言い、有り金を並べたところのようだった。

ざっと見たところ一朱《しゅ》金が三枚、それに銭が五百文《もん》ほどである。

店の主はその金をじろりと見遣って、

「駄目だ駄目だ。今言ったように、これは中古の人形とはいえ、義経《よしつね》の武者人形。金がねえというのなら、ほかの客の邪魔になる。ひきとってくんな」

にべもなく言い、手で追っ払う。

「そこをなんとか。残りの金はきっと持ってくる、頼む」

中間は縋《すが》るように言った。

「そうですかい。そこまでおっしゃるのなら、頭でも下げてもらいましょうか。ただの下げ方じゃねえ、土下座だ。土下座して、三回まわってワンと鳴きな。お武家に仕えるおまえさんが、そうまでやってくれるというのなら、言うことを聞いてやろうじゃねえか、えっ」

見物人から失笑が起きた。

「愚弄《ぐろう》するか。許せぬ」

中間が店主の胸倉を摑む。顔は怒りで赤く染まり、啖呵《たんか》をきった声は震えていた。

だが、中間は逆に突き飛ばされて、路上につんのめった。

主はその背に、菖蒲刀をたたきつけた。

「とっとと失せろ。貧乏人……」

「待て……」

十四郎は、人込みを搔き分けて中に入った。

「主、おまえのやりようはあんまりだぞ」

「お武家様、口出しは無用に願います。二分《ぶ》と一朱の人形を、三朱と五百文で分けろと言う。ここでは金のない者は、お武家も町人もありゃあしません。そんな無理を聞いた日にゃあ、こちとら、商売上がったりでござんすよ」

「分かった分かった。足りないのはあと一分と少しだと言ったな。これで、あの人形を分けてやれ」

十四郎は、懐から一分金と銭をつかみ出して、主の掌に置いた。

「ありがとうございます。私は、勘助《かんすけ》と申しますが、ご恩は一生……」

体を起こした中間は、十四郎に手をついてそこまで言うと、声を詰まらせ、握り締めた手の甲に、男の、悔し涙を落として黙った。

「いいんだ。早く人形を持って帰ってあげなさい」

店の主が膨《ふく》れっ面をして持ってきた人形の紙包みを、十四郎はひきとって、中間勘助の膝上に置いた。

一見したところ勘助は、三十も半ば、丸い顔立ちに濃い眉毛が目の上を横一文字に走り、鼻も口も頑丈なつくりの、暑苦しい顔をした男だった。

勘助は、その顔をきっと上げると、赤い目で、十四郎に訴えた。

「お急ぎとは存じますが、どうぞ、私の主に会っていただきとうございます。むさ苦しいところではございますが、ぜひ……このままあなた様をお連れしないで帰りますと、私は主からきっと叱られてしまいます……ですから、お武家様」

「うむ」

十四郎は、勘助の必死の目の色に促され、つい頷《うなず》いた。

二

勘助は、岩本町《いわもとちょう》から松枝町《まつえだちょう》にかかる弁慶《べんけい》橋の袂で立ち止まって、十四郎に案内した。

「塙様、この橋を渡ればすぐでございます」

この橋は、江戸市中でも珍しい橋の一つに挙げられており、藍染《あいぞめ》川と呼ばれる幅二間《けん》ほどの小さい川の下流に渡された筋違《すじか》い橋で、勘助はその弁慶橋のむこう、松枝町を指して言った。

「実は、私の主は元旗本《はたもと》三百石《こく》、青山兵庫《あおやまひょうご》様と申しますが、二年前、若様がお生まれになってまもなく、お家は断絶《だんぜつ》、旦那様はご切腹されました。さるお旗本からお役につけるよう推薦してやるなどという姦計《かんけい》にはまりまして……ですから今は兵庫様の奥様千春《ちはる》様と、一粒種の大五郎《だいごろう》様とご一緒に、武具屋の裏店《うらだな》にひっそりと住まいしているのでございます」

「そうか、元旗本のな……」

「はい」

勘助は、前もって住まいの貧しさを、十四郎に告げておかねばと思ったらしい。しかし説明せずとも十四郎は、勘助のよれよれになった萌黄《もえぎ》の法被《はっぴ》や、すり切れた草履《ぞうり》を見て、主ともども何か訳ありの暮らしをしている事は見通していた。

「案ずるな。俺も浪人の裏店暮らしだ」

十四郎が苦笑して言うと、勘助はほっとした顔を見せて、小川のせせらぎの立つ橋を、先にたって渡っていった。

なるほど、勘助が言う通り、その裏店は建ててからかなりの年月がたっているらしく、外壁の下見板《したみいた》も反り返って傷んでいた。

「勘助、ただ今帰りました」

木戸から入って一番奥の、慎ましやかな灯の零《こぼ》れている長屋の戸口で、勘助は声を掛け、十四郎を促して中に入った。

「こちらのお方は……」

出迎えた、千春と思われる未亡人は、怪訝《けげん》な顔を十四郎に向けた。

千春は夕餉《ゆうげ》の支度をしていたらしく、前垂れで手を拭きながら、上がり框《かまち》に膝をついた。鬢《びん》のほつれの一本もない、きりりとした身嗜《みだしな》みだった。

年の頃は二十代後半かと思われたが、薄化粧にぽっと紅を唇に刷《は》いた顔立ちは、若後家の色気をともない、どきりとする程の美形をつくりあげていた。

奥の三畳程の畳の部屋には小さな仏壇が置いてあり、その前で内職をしていたのか、着物の仕立てが中断されたまま広げてあった。

上がり框に続く板間では、三歳になったかならぬかの可愛い稚児が、あり合わせの木切れの積み木を前にして両足を投げ出して座り、黒い瞳を、きょとんとさせて十四郎に向けている。

その子に勘助は、

「ぼっちゃま、武者人形を買って参りました。あとで勘助と飾りましょう」

と、人形の包みを開けて稚児の前に置き、それを見て驚いた顔を向けた千春には、手短に、十軒店で不足した人形代を立て替えてくれたお人だと、塙十四郎を紹介した。

ただし勘助は、大勢が見ていた前で、小屋掛けの店主に侮辱を受けたことは告げなかった。

「それは、たいへんご迷惑をおかけ致しました。申し訳ございません」

千春は、腰を折って十四郎に頭を下げた。

「なんの、お役に立ててようござった」

「で、お立て替え頂きました金子《きんす》は、いかほどでございましょうか」

顔を上げた千春の顔は、一転して固い表情になっていた。

「何、僅かでござる」

慌てて言葉を濁した十四郎を、千春は無言で見詰めていたが、

「勘助」

今度は勘助に厳しい目を向けた。

「わたくしは、人様に用立ててもらってまで、人形を買い与えてやりたいとは思いません」

「奥様、奥様は何も心配はいりません」

「そうは参りません。我が子が他人の施しを受け、何も知らぬでは亡くなった殿様に申し開きができません」

「お気に障りましたら謝ります。私はただ、ぼっちゃまの端午の節句のお祝いに相応《ふさわ》しい人形をと、そう思っただけでございます。本来ならばぼっちゃまは、立派な武者人形を揃えられて、みなから祝福を受けるご身分でございました。それ

を、この長屋の者たちでさえ旗指物や鯉幟《こいのぼり》など買い求めておりますものを、何もないでは、あまりにお可哀相でございます。ですから、塙様に拝借したのでございます。ですが、そのお代は、この勘助の才覚でお支払いできる額でございます。奥様のお手を煩わせるほどのものではございません」

勘助は必死に言い訳をする。十四郎も黙っていられず、

「奥方、勘助の申す通りだ。しかし、それほどご心配なら申し上げよう。勘助に用立てたのは、百五十文だ」

「塙様」

勘助がはっとして顔を向けた。濃い眉毛の奥の目の色に、十四郎の心配りを深謝する気持ちが表れていた。

「百五十文でございますね」

千春は復唱すると、奥に立ち、仏壇の小引き出しから出した百五十文を懐紙《かいし》の上に載せて戻り、十四郎の前に差し出した。

「改めて、お礼を申し上げます」

千春は、あくまでも決着をつけたいらしい。おろおろする勘助を横目に、十四郎はその金を懐に入れた。

「どうでもと申されるのなら、頂いておく。ただ、奥方。僭越《せんえつ》ながら申すが、なぜ勘助の心を素直に受け入れてやれぬのだ。勘助が、ただただ、そこのお子の喜ぶ顔が見たいと思ってしたことではないか。それを恥というのなら、この世に情けなど無用ということになる。元旗本という気概《きがい》は分かるが、人の思いやりも分からぬような子に育てるのが、果たしてよいものかどうか……人の心に上も下もない。武家も家来も、町人も皆同じではないか」

十四郎は、じっと見た。

千春は黙然として、手を膝に揃えて聞いていたが、白い顔を上げると、一気に、思い詰めていたものを告白するように言った。

「塙様。塙様は、このような所で私どもが住まいする仔細は勘助からお聞きになったと存じますが、日々の生活から、こうして大五郎のお節句のことまで、すべて勘助に頼った暮らしをして参りました。夫さえ生きておれば、勘助にこれほどの迷惑をかけなくて済むものを……勘助にはもう、私ども親子に構うことなく、別の生活を送ってほしいと願っているのでございます。もはや、主でも中間でもございません」

「奥様、何をおっしゃいますか。勘助は、どこまでいっても、青山家の中間でございます。勘助は奥様やぼっちゃまのお役に立てることが、何よりも嬉しいのでございます。それが幸せなのでございます」

勘助は、千春の口を遮るように、千春の前に手をついた。

だが千春は、きっと厳しい顔を勘助に向け、

「いいえ、今日はよい機会ですから申します。塙様が証人です。勘助、おまえが青山家の中間というのなら、今日限りで暇を出します。そして、二度とこの家に出入りすることのないように。よろしいですね」

「奥様……奥様が目障りとおっしゃるのなら、私は、この土間で休みます。ですから、どうぞ、そのような事はおっしゃらないで下さいませ」

「勘助、はっきり言いますよ。もうおまえの手を借りなくても、私たち親子は大丈夫です」

「まさか奥様、いつかお話のあった加賀屋《かがや》さんの後妻に入ろうというのでは、ございませんでしょうね」

「勘助、わたくしは青山の妻ですよ……」

「ですが、旦那様を死に追いやったあの戸塚《とつか》が、奥様を側室にしたいなどという話が人伝《ひとづて》に……」

「何を馬鹿なことを言っているのです……」

「だったら、なにゆえ私が邪魔だと、そうおっしゃるのですか」

「おまえの知った事ではありません」

ぴしゃりと言った。

「奥様……」

唇を嚙みしめた勘助は、やがて、肩を落として、忍び泣いた。

だが千春は、勘助に一瞥《いちべつ》をくれると、大五郎を抱いて奥に入り、戸をぴたりと閉めた。

「もし……」

十四郎の声にも、膝一つ動かす気配のない戸の向こう――思いがけないなりゆきに、十四郎が啞然として見詰めていると、稚児のぐずる声が聞こえてきた。

稚児は千春の腕の中で、四肢の自由を奪われて抵抗しているようだった。

その時だった。勘助が外に飛び出した。

「勘助……」

十四郎も後を追うように外に出るが、すでに勘助の姿は、木戸のむこうに消えていた。

「お武家の奥様は、さように堅苦しく生きなければならないのでしょうか。まあ、その勘助とかおっしゃるお中間の行く末も考えてのことでしょうが……」

お登勢は、薄茶を十四郎が吸い切るのを待って、そう言った。

今朝、十四郎は、昨夕買いもとめた人形を慶光寺に届け、橘屋に立ち寄った。するとお登勢が待ち構えていて、橘屋の離れにある茶室に誘ったのである。

昨年、慶光寺の万寿院に十四郎が初めて対面した折に、お登勢は万寿院から、十四郎に茶の湯の手解《てほど》きをしてみてはどうかと言われ、以後、いつとはなく、手のすいた時に十四郎を茶室に誘ってくれていた。

しかし十四郎は、なんとか茶を喫する作法はのみこめたものの、まだ茶を点《た》てるところまでは程遠い。

「いや、結構なお茶でござった」

十四郎は、手にあった利休《りきゅう》茶碗の縁を指で拭きとり、茶碗を回して膝前に置き、挨拶をした。

「宇治《うじ》から届いたばかりの新茶でございますよ、十四郎様」

お登勢は得意げに言った。

新茶は通常、宇治のお茶師たちによって、まず御所に送る茶が決められる。次に将軍家にお茶壺道中によって送られる茶を決め、その次が大名家へ送る茶と、順次厳しい選別を行うが、当然精製されたそれらの茶はお茶師たちによって、色、味、香りが吟味される。そのお茶師吟味の茶を、早々に飛脚を使って、密かに送ってくれたのだと、お登勢は言った。

「お茶の口切りは、木枯らしの立つ十一月ですが、伝手《つて》がありまして、こうして早々に試飲できるのでございます。もっとも、お茶は十一月まで涼しい場所で寝かせることで風味もよくなると聞いています」

「ほう……で、こちらのお茶銘はなんと言うのだ」

「『祖母昔《ばばむかし》』でございます」

「ああこれが……なるほどな」

「はい。で、こちらのお茶入れは膳所《ぜぜ》焼の肩衝茶《かたつきちゃ》入れで、銘は『近江《おうみ》』。膳所焼の肌は、まるで青磁《せいじ》のようでございましょう」

「うむ……」

十四郎は、お登勢が茶杓《ちゃしゃく》と一緒に並べた茶入れを引き寄せると、さも納得いったような顔をして拝見した。

実際、どんな茶杓を使っていようが、棗《なつめ》がどこのものかといった話にはついてはいけない。だが、この、茶室の静寂の中に身を置くのは好きだった。

茶の湯の作法は知らずとも、茶室に正座して、茶釜の湯がたてる音や、茶筅《ちゃせん》で茶を点てる音を聞いていると、なぜか世情の憂さも忘れるほど心が落ち着いてくる。

お登勢が、先程の茶碗を引き寄せ、茶筅のすすぎを始めたところで、廊下に乱暴な足音が近づいてきて、茶道口《さどうぐち》から、金五が顔を出した。

「ずるいぞ。俺も仲間に入れろ……と言いたいところだが、十四郎、おぬしが買ってきた人形だが、先程、お筆の部屋に飾ったぞ。万寿院様も、いい品を選んできてくれたとご機嫌だった。むろん、お筆が喜んだのは、言うまでもない」

「そうか、それはよかった」

「だがな、問題はこれからのことだ」

「赤子のことか」

「赤子とお筆だ。子を産んだからには離縁はとりやめにして、亭主と仲直りしたらどうだと勧めたんだが、首を縦にふらぬ」

「そうか、それでも別れると言うのか、お筆は」

「普通の女子《おなご》なら、子供のために元にもどる。自分の感情はさておき、子の行く末を考えるのが母親だろう。それをどうあっても別れると言い張るんだ。はて、どうしたものかと俺も思案しているのだが……」

金五は、十四郎とお登勢を交互に見ながら、溜め息をついた。

お筆が慶光寺に駆け込んできたのは八か月前だった。

亭主の幸助《こうすけ》は、牛込《うしごめ》の御納戸町《おなんどまち》にある経師屋《きょうじ》『森田屋《もりた》』の主である。こぢんまりした店構えだが、経師の腕には定評があり、幸助が表装した軸物《じくもの》は反《そ》りがこないと、遠くからも客がやってくると聞いている。

お筆は、今から二年前に幸助と夫婦になって、夫唱婦随、人も羨む仲のよさで、亭主を助けて店に出て働いていた。

ところが一年前のこと、お筆が亭主にかわって、でき上がった掛け軸を『月桂寺《げっけいじ》』の近くにある旗本屋敷、戸塚豊後守《ぶんごのかみ》のもとへ届けてまもなく、屋敷から使いが来て、奉公してくれないかと言われたのである。

お筆は亭主持ち、今更奉公もないだろうと、幸助は丁寧に断りを入れたが、執拗《しつよう》に使いはやってくる。

それじゃあ一年の期限を切ってということで、渋々承諾して女中奉公にあがった。だが、二月もたたないうちに、お筆は逃げて帰ってきたのである。

そして三日後、お筆は慶光寺に駆け込んだ。

幸助は狐につままれたような顔をしていたが、お筆は、屋敷勤めをしているうちに、幸助と夫婦でいるのは嫌になったのだと言った。

当時、藤七が戸塚の屋敷の用人に聞き合わせに行っているが、用人は、屋敷内では何も問題なかったと言ったという。

結局、お筆の心に余人には分からぬなんらかの変化があって、駆け込みを決心したものだと思われた。

近頃は、若い女たちは昔に比べ辛抱が足りなくなっている。

祝言《しゅうげん》をあげた翌日に離縁をしたいという話も結構あって、子供がいない場合には、早々に離縁した方が、この先のためだろうと、そんな風潮になっている。

橘屋もそういった世情を踏まえて、幸助に離縁してやったらどうかと勧めてみたが、幸助は承知しなかった。

それで、お筆の寺入りは決定した。

「お筆さんのお腹に子が宿っていたことと、寺入りは無縁ではありませんね。寺入りの原因はそこにあったのではないでしょうか」

お登勢は、お点前《てまえ》の手を止めて、金五に向き直ると、それしかない、というような口調で言った。

「お登勢様」

そこへ、仲居頭のおたかが顔を出した。

「森田屋の幸助さんが、おたかさん、参っております」

「分かりました。おたかさん、こちらの始末をお願いします。あの、火の始末だけでよろしいのですよ」

「分かっております。頼まれてもお茶碗の片付けなんて、恐ろしくて……もしも手が滑って割ったりしたら、私、とても弁償なんてできません」

おたかは笑って、肩を竦《すく》めた。

「おたかさん……」

お登勢は苦笑して立ち、十四郎と金五に、促すように頷いた。

三

「何、お筆が産んだ子は、おまえの子ではないというのか」

十四郎は、目を丸くして聞き返した。

橘屋の帳場の奥の小部屋に入ってすぐだった。

待っていた幸助は、十四郎とお登勢、金五が座るやいなや、こうなったら、なにもかもお話ししますと神妙に手をついて、お筆が子を産んだ知らせを受けたが、私の子ではありませんと言ったのである。

「じゃあ、誰の子だ」

金五が厳しい口調で詰問する。

「……………」

「幸助」

「私の子でないことは確かです。でも私は、お筆が戻ってくれるのなら、自分の子として育ててもよいと考えているのです。ただ、ここで本当のことを知りたいし、お筆にも、全てを告白してほしい。お世話になりました万寿院様はじめ慶光寺の皆様、それにこちらの皆様にも、黙っていては申し訳がないと思ったものですから……どうか、もう一度皆さんのお力を頂きたく存じます」

「幸助さん」

お登勢は、火鉢の灰をかき集めながら、声をかけた。

「あなたのお子でないとしたら、お筆さんは誰のお子を身籠もったのでしょうか。お筆さんは旗本屋敷に奉公に出ていました。そこで誰かと不義《ふぎ》を働いた……そう考えているのでしょうか」

「お筆は、不義などできる女子ではありません」

「不義じゃないとすれば『押して不義』（強姦）……ということでしょうか」

幸助は、お登勢の言葉にどきりとして、息を吞んだようだった。

だが、ごくりと生唾を吞み込むと、

「お筆は、あの時、お屋敷を抜け出して帰ってきたのですが、三日三晩泣き通して、そして、私に迷惑がかかってはと、離縁をしてほしいと言い出しまして……それで私が承知しなかったものですから、こちらに駆け込んできたのでございます……あの様子から考えますと……」

幸助は強張《こわば》った顔をして、そこで黙った。後は話さずとも察せられた。

幸助の表情は、お登勢の推測があたっていることを証明していた。

「お登勢、それじゃあお筆は、奉公先で押して不義されたというのか」

金五の顔に緊張の色が走った。

「もし、そうならば、お筆を押して不義した者は、死罪だぞ。御定書百箇条《おさだめがき》にも『夫これ有る女得心《とくしん》これなきに、押して不義いたし候《そうろう》もの死罪。但し、大勢にて押して不義いたし候《そうら》はば、頭取《とうどり》（主犯）獄門、同類（従犯）重き追放』とある。大変なことだぞ、これは……」

と、金五は続けた。

ひととき、息詰まるような雰囲気に包まれたが、

「問題は、お筆さんですね。これが町場で起きたものなら、町奉行所に行き、どのようにして押して不義されたのか、事細かに申し立てなければなりません。女にしてみれば、殿方にそのような告白をするのは、もう一度押して不義されているような錯覚に陥りますから、みんな泣き寝入りしているんです。ところが今度は旗本屋敷……」

お登勢は、さてどうしたものかというように、太い溜め息をついた。

「幸助」

十四郎は、考えていた目を、幸助に向けた。

「その旗本戸塚豊後守は、たしか御小納戸頭取《おこなんどとうどり》であったな」

十四郎は、戸塚という名がひっかかっていた。

昨夕、千春に勘助が口走った旗本の名も戸塚だった——。

「はい。さようでございます。上様の近くにお仕えするお役目だと申しまして、逆らえば店もただではすまないなどと。なかば……言葉は悪いのですが、恫喝《どうかつ》されまして、お筆は奉公にあがったのでございます」

御小納戸は、将軍に近侍《きんじ》して、理髪、食事、衣服その他の世話をするお役目である。

御小姓《おこしょう》の指示に従って動く訳だが、草履取り、警護、膳番、馬、鷹、小鳥、庭係など百名程が分担しての隔日勤務。それを統括していたのが、五、六名の御小納戸頭取で、高《たか》は千五百石の旗本だった。

御側衆《おそばしゅう》、御小姓衆、御小納戸衆は、将軍近侍の三役といわれ、表《おもて》役人と将軍との間に介在することから、権威があった。

戸塚は、御小納戸頭取の一人というから、幸助夫婦が脅されて、戸塚の意のままに翻弄されたのは頷ける。

――だからといって、町民が泣き寝入りすることはない。

権力を笠に着て、弱い者いじめをする輩《やから》ほど、腹の立つものはない。

善人ぶるつもりはないが、だからといって、手控えるという気持ちにはとてもなれない。むしろ、そういう輩だからこそ、自分たちが出張《でば》らなければという気持ちになる。

「お登勢殿、俺は少し調べたいことがある」

十四郎が立つと、お登勢も立って、

「私も、お筆さんに尋ねてみます。押して不義をされたのかどうか」

「聞くのか、お筆に」

金五は、ふんぎりのつかない顔で、お登勢を見上げた。

「はい。あったのかなかったのか、それだけ聞けば十分です。町方ではありませんから、詳しい話などいりません。それなら、お筆さんも答えられますでしょう」

「しかしお登勢、相手は御小納戸頭取だぞ。俺には手が出せぬ」

「近藤様、誰であろうと悪は悪です。今度ばかりは、万寿院様だって黙ってはおられませんよ。それでも近藤様は、このまま捨て置けと、そうおっしゃるのですか」

「お登勢、俺は何も……分かったよ、俺も同道するぞ」

金五も苦笑して立った。

市谷御門前には八幡町《はちまんちょう》が広がっているが、この町の中程に市谷八幡宮への参道が抜けている。

境内は広く、八幡宮は参道を上った高台に泰然《たいぜん》として建っているが、この参道の階段脇に稲荷《いなり》社がある。

眼病によく効く稲荷として有名だが、この稲荷社の側の階段脇に植えられたつつじの手入れをしているのが、勘助のようだった。

つつじの木は、咲き終わったらすぐに刈り込みを入れる。翌年花を咲かせるためには大事な処置、勘助はそれを任されているようだった。

「勘助」

傍によって、十四郎が声をかけると、勘助は驚いた顔を上げた。

「これは塙様」

勘助は中間髷《まげ》といわれる六尺髷を刷毛《はけ》先を散らした職人髷に変え、法被も紺地に丸に八の字を染め抜いた、植木屋『丸八《まるはち》』の屋号の入った物を着け、手ぬぐいを向こう鉢巻きに締めていた。

「長屋の者に聞き出したのだ。おまえが世話になっている口入屋をな。そこで丸八でおまえが仕事をしていると教えてもらった」

「それはどうも……で、塙様。長屋に行かれたのなら、奥様がその後どうしておられるのか、お聞きになったのでございましょうか」

「心配か」

「はい」

「案ずるな。おまえといた頃と同じ暮らしを続けている。家を訪ねはしなかったが、長屋の者が言っていた」

勘助は、ほっとした表情を見せた。

「どうだ。まもなく昼時だ。どこかで飯でも食わんか。俺がおごるぞ」

「…………」

「遠慮するな。親方の話では、おまえは昼飯の金も惜しんで貯めていると聞く。そんなことをしていたら、体がもたんぞ。遠慮することはない。行こう」

十四郎は、遠慮する勘助を境内の中に店を張る寿司屋に誘った。

八幡宮は広大な敷地を持ち、境内の中には、蕎麦《そば》屋もあれば茶屋もあった。そればかりか、芝居小屋や土弓《どきゆう》場《ば》まであり、人々の歓楽の場にもなっていた。

寿司屋は、ちょうど昼時でこんでいたが、無理を言って二階の小座敷に上げてもらった。

勘助が仕事中ということも考えて、酒は頼まなかったが、寿司は二人の腹におさまり切れないほど注文した。

「食べろ。思い切り食え」

十四郎が勧めると、勘助は手を伸ばして口に入れるが、寿司を口に入れたまま、泣いた。

「勘助……」

「勘助は嬉しくて泣いております……こんな、こんな美味しい寿司は、勘助、初めて頂きます」

「何を言うか。いいから、みんな食え。残ったら、持って帰れ」

「あの、持って帰ってよろしいのでしょうか」

「ああ」

「だったら、私はもうこれで、お腹一杯でございます」

勘助は、伸ばしていた手をひっ込めた。

「馬鹿な奴。おまえは、千春殿に持っていこうと、そう考えたのだろう」

「……」

「まったくおまえは……それはそれだ。これは全部おまえが食え。世話の焼ける奴だ。ぶん殴るぞ」

十四郎がそこまで言って、ようやく勘助は手をつけた。

しばらく黙って、勘助が寿司を頬張るのを十四郎は見守っていたが、

「勘助。ほかでもない。今日はちと、おまえに聞きたいことがあって参ったのだ。この間、おまえが話していた青山兵庫殿の切腹のことだが、青山殿を陥《おとしい》れたのは、旗本戸塚豊後守、御小納戸頭取ではないのか」

「塙様、どうしてそれを……」

「実は、俺は駆け込み寺の寺宿の仕事をしているが、今抱えている事件に戸塚が関係しているのだ。それで青山殿のことを思い出した。奴の悪を裁くために話を聞きたい。ことによっては力になれるかもしれん。どうだ。青山殿の一件、聞かせてくれぬか。他言は致さぬ」

そう言うと、十四郎はまっすぐに勘助を見詰めた。

勘助も暫《しばら》く見詰め返していたが、膝を直すと、頷いた。

それは今から二年前、無役だった青山のもとに戸塚から使者がきた。青山が急ぎ戸塚の屋敷を訪ねると、戸塚は青山を御小納戸衆に推薦してやろうと言ったのである。

青山の家の禄は三百石、もしも御小納戸のお役につければ、役料が加増されて高は五百石となる。

夢のような出世話に、青山の家は喜びに沸いた。

だが、お役が正式に決まるまでに戸塚に御挨拶として贈答品を差し出さなければ、話はなかったことになるなどと言う人がいて、青山は有り金をはたき、戸塚に高価な品々を贈ったのである。

ところが、青山と同じように声をかけられていた者がいて、その者は聞いたところによると、青山の倍ほどの献上品を届けていた。

まさかとは思うが……と青山が心配しているところに、二度目の使いが来た。飛んで行くと、戸塚は、自慢の愛馬『青龍《せいりゅう》』を見せ、おまえは馬を飼っているかと聞く。

旗本も三百石になれば、馬一頭は飼っていなければお役は務まらぬ。馬を飼っていなければ旗本たるお役を怠慢していることになり、表沙汰になればただではすむまい。まして、御小納戸となれば、上様の鷹狩りに同道する。馬がなくては話にならぬと戸塚は言った。

確かに戸塚の言う通りだが、しかしこのご時世、青山の家ほどの旗本の台所は、どこも火の車、馬を飼うどころか家士や女中の数まで減らしているのが実情だった。

ご公儀も、それは承知していて、目こぼしをしていたのである。

だがそれが、表沙汰になれば、青山は旗本の心構えもない不届者《ふとどきもの》として処断され、お家の存続も叶わなくなる。

青山は返事に困った。

するとそれを見た戸塚は、近々おまえの家を訪ねたい。その時馬を見せてくれ、と言ったのである。

いまさら馬を買う金がある筈がない。

先年、上様はどんなに名馬でも三十両を超えるような値段をつけてはいけないという触れを出したが、金にあかして名馬を買う者がいるかと思えば、一方で、青山のように買いたくても買う金がない者が、大勢いるのもまた事実だった。

「どんなに安くても十両はいる。お役の話は辞退しよう。ふがいない夫を許せ」

青山は千春に言った。

すると千春は、翌日勘助を伴って、浅草《あさくさ》の通称『藪之内《やぶのうち》』と呼ばれている場所にある馬市を訪ねた。

本来なら毎年十二月に、ここで南部《なんぶ》の三歳駒の市《いち》がたつ。千春と勘助が行ったのは春も終わりの頃だったが、それでも馬はいた。

市の月以外でも馬を欲しがる御仁はいるようで、そういう武家のために、数頭が飼育されていたのである。

千春は、その一頭を十両で買った。

嫁入りの時、実家が持たせてくれた金のうち、いざという時のために残していた最後の金で千春は馬を買ったのである。

千春は、勘助に馬を引かせ、戸塚様のお馬が『青龍』というのなら、こちらは『天龍《てんりゅう》』と名付けましょうなどと冗談を言い、口に袖を当て、ころころと笑った。

屋敷に帰る道中の千春の誇らしげな顔は、それまで見たこともない晴れやかさで、勘助も嬉しくて胸を張った。

馬を飼育するには、およそ年間で飼料代が十両近くもいる。その金さえ工面がつかぬまま、お役さえ頂ければ、あとはなんとかなると千春は考えたようだった。

ところが、待っても待っても、戸塚は来なかった。

それどころか、再び呼び出しを受けた。

今度は神田《かんだ》の料理屋『味升《あじます》』の座敷。それも夫婦揃って呼び出され、勘助も供についた。

その料理屋で戸塚は、馬のことなど一つも触れず、暗に千春を、今宵の話し相手に所望《しょもう》したいと言ったのである。

「この、奸賊《かんぞく》……」

我慢に我慢を重ねていた青山は、小刀を引き抜くと、戸塚に斬りかかった。

だが、控えていた戸塚の家臣たちに取り押さえられ、まもなく蟄居《ちっきょ》、追って切腹を言い渡されたのである。

「戸塚は、奥様に横恋慕していたのです。殿様をお役に推薦するなどと、はじめから考えていなかったのでございますよ。奥様をひっぱりだす、その口実だったのでございます」

勘助は唇を嚙むと、高ぶる感情を抑えて言った。

「切腹のご沙汰が下ったということで、仇討《あだう》ちは、ご公儀の体面にかけても認めてはくれないと存じます。ですがせめて、一矢《いっし》報いることができたなら……」

勘助は、膝に置いた手で、拳を作った。

「千春殿も、同じ考えをお持ちなのか」

「塙様、この勘助は、勘助一人でも敵《かたき》を討ちたい、そう考えているのでございます」

「まあ待て。剣の心得のないおまえが、討てる筈がないではないか。それにおまえは、千春殿から暇を出されているのだぞ。千春殿は、おまえを嫌いであぁ言ったのでない。おまえに別の道を歩んでほしい、そう願っているのだ」

「塙様……」

勘助は苦しげな声をあげると、燃えるような目を向けた。

「私の幸せは、奥様のお役に立つことでございます。命など少しも惜しくはありません」

「勘助……」

勘助は、あらぬ方を幽鬼《ゆうき》のような目で見詰めて言った。

「去年の冬のことでした。雪が降り、それがしとしとと冷たい忍び雨になって落ちてきた日のことでした。奥様もぼっちゃまも風邪をひき、熱を出したのでございます。お医者の薬も飲んでいただいたのですが、奥様は翌日も高い熱で、寒い寒いとうなされて……それで、勘助が奥様のおみあしを、この手でさすってさしあげました。やわらかくて、小さい奥様のおみあしを……この手で……私は夢中でした。夢をみているようでございました。塙様、勘助は幸せ者でございますよ。いつ死んでも、心残りはありません……」

無垢《むく》な男の、切ない思いが、十四郎の胸を刺した。

——この男も、千春殿も、死なせてはならぬ。

ご公儀を敵に回すような仇討ちは、結局全てを失うことになる。生きて別の道を歩めぬものかと、十四郎は考えていた。

四

慶光寺にある鏡池《かがみいけ》の周辺は、今が花の盛りである。

とりわけ、万寿院の住居になっている方丈《ほうじょう》の前庭には、藤《ふじ》棚から紫のたわわな房がいくつも垂れ、山吹《やまぶき》の黄色、赤いつつじの花、池の縁には白い小花が一群をなして彩りを添えていた。

万寿院の花好きは、お登勢が舌を巻くほどだが、寺で修行する女たちも、競って花の世話をするのであった。

辛く哀しい生活を逃れてきた女たちには、おそらく、こういった光景は天の国の花園に見えているに違いない。

今日も方丈の前庭には、朝の仕事を終えた女たちが、万寿院を慕って集まっているが、普段とひときわ違う賑わいだった。それは、縁側に座す万寿院の膝に、ようやく人間らしい顔つきになってきた、お筆が産んだ赤子が抱かれているからだった。

先程、慶光寺や橘屋のかかりつけの医師である柳庵《りゅうあん》が、生まれて一月たった赤子の体を診たばかりで、十四郎もお登勢も、方丈の廊下に座って万寿院の傍に控えていた。

柳庵の父は表医師だった。それもあってか柳庵は本道《ほんどう》にも外科にも通じ、腕は確かで、お登勢たちの信頼も厚かった。

ただ、医者になるより歌舞伎役者の女形になりたかったというだけあって、言葉遣いや物腰がなよなよとして、一風変わった医者といえば医者だった。

だがその柳庵に赤子の体は心配ないと太鼓判を押され、皆ほっとしたところである。

「光太郎《こうたろう》……見てご覧。お花、きれいきれいでちゅよ」

万寿院は、自ら名付けた『光太郎』という名を呼んで、自身の親指を赤子の掌に握らせると、庭の花を指して見せた。

光太郎の『光』は、光を浴びてすくすく育つという意味と、慶光寺の一字をとったという事らしい。

「ほうら、あれが藤の花でちゅよ。そしてあれが山吹……あっ、今鳴いたのは鶯《うぐいす》でちゅよ」

光太郎は万寿院の声に反応して、眩しそうに顔を回し、口元に笑みを浮かべた。

すると、そのたびに、

「見てる見てる」

「笑った、笑った」

などと、女たちの歓声が起きるのである。

――このお方の、こんな幸せそうな顔を見るのは初めてだ。

十四郎は、じっと万寿院の顔を見詰めていた。

気づくと、お登勢もそう感じて見詰めていたのか、十四郎と目が合って、笑みを見せると頷いてきた。

「万寿院様。そろそろ乳の時間でございます」

柳庵が声をかけると、

「おお、そうか……光太郎、また、あちたね……たくさんお乳を頂くのですよ」

そう言うと、名残惜しそうに、光太郎を柳庵の腕に渡した。

柳庵が光太郎を抱いて、庫裏《くり》に続く女たちの長屋に去って行くと、女たちも、ぞろぞろとついて行く。

人の切れたのを見計らって、
万寿院は、二人を促して部屋に入った。

「お登勢、十四郎殿」

「お登勢、そなたの話では、お筆が戸塚とかいう御仁に、押して不義されたのは、間違いないのですね」

座るとすぐに、万寿院はお登勢に尋ねた。

「はい。お筆さんは奉公にあがって一月もたたないうちに、戸塚様に言いよられ、それを拒むと、屋敷の蔵に閉じ込められて、それで、押して不義されたようでございます」

お筆への蹂躙《じゅうりん》は、毎夜に及んだ。

何度、殺せるものなら殺してやりたいと思ったことか……と、お筆はお登勢に告白していた。

それをしなかったのは、夫幸助の行く末を考えたからだった。

そうでなくても、戸塚は、お筆を犯すたびに、逃げ出したりすれば、幸助の店はおろか、命までとると脅していた。

お筆は、見張りの隙《すき》をついて戸塚の屋敷を逃げ出したものの、僅か三日幸助の側にいただけで、慶光寺に駆け込んだ。すべて夫と店のためを思ってのことだった。

お筆は慶光寺に駆け込むと決めた夜、離縁となれば幸助の傍にいるのもこれが最後なので、どれほど幸助の胸に飛び込みたいと願ったことか……。

だがお筆は、それをしなかった。汚れた体を幸助に見られるのを恐れたからだ。幸助の知らないお筆の体の反応を知られたくない。幸助の前では、昔のままのお筆でいたいと思ったようだ。

結局、幸助が話した通り、お筆は三日三晩泣き通し、頑《がん》として、幸助の誘いも断ったのである。

「許せぬ話です。仮にも上様近くに侍《はべ》る者がする行いではないでしょう。十四郎殿の話でも、青山某とかいうお旗本が、戸塚殿の手に落ちて切腹したと聞きました。お登勢、十四郎殿。わたくしにできる協力はいといません。すでに築地《つきじ》の楽《らく》翁《おう》様には文をしたためて使いをやりましたが、どうぞ、お筆や、姦計にはまって亡くなられた青山と申す妻女の胸が晴れるような決着を願います。できれば、ぐうの音《ね》も出ないような誰かの証言を得ておくほうが賢明かもしれません」

万寿院は、険しい顔で頷いた。

楽翁というのは、もと幕閣の長《おさ》にあった、松平定信《まつだいらさだのぶ》のことである。

今は隠居して築地の広大な屋敷に起居《ききょ》しているが、まだ絶大な力を持っていて、慶光寺とは浅からぬ縁があった。

十四郎が橘屋に雇われたのも、楽翁の推薦があったからである。

万寿院はその楽翁に、いざという時のために、文を送ったのである。

「おお、そうじゃった。お登勢、これをお筆に渡してたもれ」

万寿院は表情を一転させると、懐から冊子を出した。

冊子の表紙には『育養の心』と書いてある。

「これは……」

冊子を引き寄せ、驚いて見上げたお登勢に、

「ずいぶん昔の話ですが、これはわたくしが、貝原益軒《かいばらえきけん》先生の『養生訓《ようじょうくん》』から、育養の項のほか、子供を育てるために気をつけた方がよいと思われる項目を、わたくしなりに書き出したものです」

「それはまた……ありがとうございます。お筆さんも、どれほど喜ぶかしれません」

お登勢は礼を述べると、その冊子を一枚一枚捲《めく》っていたが、

「万寿院様、これは……」

本の中に挟まっていた、錦の袋をとりあげた。

袋は二寸四方の小さい物だが、ちらと見えた図柄には、赤い地色に羽を広げた白鷺《しらさぎ》が刺繍《ししゅう》してあるようだった。

「あっ、それはこちらへ……」

万寿院は慌《あわ》てて、お登勢の手からその袋を引き取った。

十四郎は、おやと思った。

袋は、どこかで見覚えのあるような、そんな気がした。

だが、そこへ柳庵が戻ってきて、袋のことはそれきりになった。

「それでは皆さん、後はよろしくお願いします」

女は、十四郎と金五の前には酒と肴《さかな》を、酒の飲めない柳庵の前には、草餅としるこを置くと、素早く十四郎たち客の意を解し、静かに階下に降りていった。

早速金五は酒を引き寄せ、自分と十四郎の盃にたっぷりと満たすと、ぐいと空け、

「まったく、万寿院様があれほど子供好きだったとは思いもよらなかったぞ。柳庵、万寿院様は、お胤を宿したことはないのだろう」

柳庵に聞いた。

「近藤様、そんなことを私に何度聞かれても知る訳がございません。ただ父の話では、そのようでした」

柳庵は、しるこに箸をつけたところを中断されて、不服そうに手早く答えた。

十四郎は、二人のやりとりを遠くで聞きながら、万寿院が言った戸塚の悪行を証言してくれる者を、どのようにして探し出し、約束を取りつけるかを考えていた。

夜の帳《とばり》は下りたばかり、だが十四郎たちが上がった『三ツ屋《みや》』の二階は、既

に客でふさがったようである。

「上の座敷はもう、満席ですからね」

階下から、この店の帳場を預かるお松《まつ》の声が聞こえてきた。

三ツ屋は場所がいい。

店は、隅田川《すみだがわ》にかかる永代橋《えいたい》の袂、佐賀町《さがちょう》にあり、昼間は甘いものを出し、夜は料理も出すし、客の要望があれば船も出す商いをしているが、見晴らしがいいばかりか、店で働く女たちの評判が良く、いつ来ても繁盛していた。

それというのも、この店で働く女たちは、慶光寺に寺入りし、二年の修行を終えた女たちで、行儀作法はきっちりと寺で教育を受けており、言葉遣いや心配りが行き届き、気持ちがよかった。

女たちは、寺を出て離縁はしたが行く当てのない者や、寺入りする時に橘屋に立て替えてもらったさまざまな金を返済しなければならない者たちで、懸命に働いているのである。

店はお登勢が、そういった女たちを救済するために造ったもので、夜営業する店にありがちな、男に媚《こび》や色を売る、あやしげなところは少しもなく、店の造りも明るく健康的で、隅田川で獲《と》れる魚とうまい酒、それと川遊びの船を出す本来の船宿としての営業も続けていた。

それが功を奏したか、客の層も良く、今では深川《ふかがわ》屈指の店となっていた。

柳庵は、ふと箸を置くと、

「十四郎様、父上が勤める表医師の間でも、戸塚豊後守様の専横《せんおう》ぶりは、傍で見ている者も顔をしかめるほどだと言われているようでございます。要するに意地悪をするのですよ。下の者にはむろんのこと、常日頃からつけ届けのある御仁ならば、即刻御小姓に申し上げ、上様に拝謁《はいえつ》が叶うよう橋渡しをするのですが、つけ届けのない者たちには、頼まれても知らぬ顔をする。だから皆様は、戸塚様の非番の日を狙って、奥への取次を頼むのだと聞いております」

「ふん。そんなところだろうな。押して不義をするような男だ。虫酸《むしず》が走るわ」

金五は苦虫を嚙み潰す。

と、そこへ着流しの松波孫一郎《まつなみまごいちろう》が顔を出した。

「揃っているな」

「おう、松波さん、待っていたぞ」

金五が迎えた。

すぐにお松が顔を出し、心得顔で松波の酒と肴を置いて引き上げると、

「まずは一献」

金五は、早速松波の盃に酒を満たす。

「いや、今日は私も勤めがあってな。遅くなった」

松波はそう言うと、勧められるままに、まず一杯をあけた。

北町奉行所の吟味方与力《ぎんみかたよりき》松波は、その辣腕《らつわん》ぶりも見事だが、寺社奉行所管轄にある慶光寺の事件も、協力できるところは協力してくれ、逆に十四郎や金五が松波に協力するといった場面もあって、今まで、いくつもの事件を解決している。

それもあって、十四郎たちには、いつの頃からか同志のような感情が生まれていた。

「駆けつけ三杯」

更に酒を勧める金五の手を制すると、松波は、飲む前に知らせておこうと言い、膝を直した。

松波のこういうところは、だらだらと酒に手を出す十四郎や金五と違っていた。

十四郎と金五も、膝を直すと、松波は、

「もう、ご存じかどうか。戸塚様の屋敷に半年前まで入っていた渡り中間に、虎《とら》蔵《ぞう》という者がいるんだが、この男は今、中間稼業を廃業して、回向院《えこういん》前の飲み屋

『吉屋《きち》』の旦那におさまっている。その虎蔵に聞いた話では、虎蔵が戸塚様の屋敷を出た同じ頃、戸塚家を追い出された山崎十内《やまさきじゆうない》という家士がいるらしい。山崎は毎月十五日に回向院の無縁仏《むえんぼとけ》に参り、虎蔵の店に寄るらしいのだ。何があったのか虎蔵は詳しいことは知らないらしいが、そうとう戸塚様を恨んでいるらしい。山崎という御仁にあたれば、戸塚様の悪行を証言してくれるかもしれんぞ」

と、一気に話した。

「それはありがたい。お筆の一件は戸塚側が合意があったと言い張れば、お筆は押して不義を赤裸々《せきらら》に証明しなければならなくなる。松波殿はお聞きになっているかどうか、もう一件の事例、青山という旗本の遺族の証言も、お上は、聞き入れる筈がない。なにしろ非は青山殿にあったと判定されているからな。いざという時には、ぐうの音も出ないような誰かの証言が必要ではないかと、万寿院様からも助言いただいたところでした」

十四郎は礼を述べた。

「いやいや、実はこちらも、戸塚家にかかわる訴えを聞いてはいたのだが、手の打ちようがなく、そのままになっておったのだ」

松波のその言葉を受けて、金五が十四郎に説明した。

「十四郎、神田にある料理屋味升の主が、たまっていた料理代を戸塚が払ってくれないと奉行所に訴えたんだ」

「何、味升だと」

「知っているのか」

「青山という旗本が、戸塚に斬りつけた店が、たしか味升という……」

「ほう……それは都合がいいじゃないか。で、奉行所は、つまり松波さんの配下の者が戸塚の屋敷に出向いたらしいんだが、けんもほろろで、町方の来るところではない、そういって追い返されたそうだ。そうだな、松波さん」

「うむ。それにな、料理代は払っている。向こうが請求している代金は、心付けの額が少ない。再考してほしいと、そう言ったというのだ。取りつく島もない話だ。たまたま近藤さんから今度の一件を聞き、別口でさばけるのならばと、及ばずながら配下に調べさせたのだ」

「いや。十四郎、これでなんとか道が開けそうではないか。ありがたやありがたやだ」

金五は、もはや解決できたような顔をした。

それを見ていた柳庵が、くすりと笑ってからかった。

「近藤様、安心するのはまだまだ早いのではございませんか」

「嫌なことを言う奴だ……柳庵、酒も飲めぬ奴は帰れ帰れ」

金五も負けずに、やり返す。

「まあ。私に、赤子を一度診てやってくれと言ったのは近藤様でしょう。用がなくなったら帰れだなんて……」

と、妖艶な笑みを投げる。

十四郎と松波は見合って笑った。

すると金五が、また逆らった。

「草餅や甘いものを側で食われたら、酒がまずいのだ」

「分かりました。じゃあお酒、頂きます」

ぷいっと柳庵は膨れてみせると、十四郎の膳にあった盃を取った。

ぐいっと呷《あお》る。

「でも、酔っ払ったら、近藤様、私を家まで送って下さい。約束ですよ」

「やめろ、本気にしたのか……まったく。おまえさんを送るなんてまっぴらだ、草餅でいいって」

金五は慌てて廊下に走ると、

「おい、お松。草餅の追加だ。持ってきてくれ」

階下に叫んだ。

五

「旦那、こちらが、山崎十内さんでございます」

松波から聞いた回向院前の飲み屋吉屋で、虎蔵に山崎を紹介されたのは、三日後だった。

虎蔵は、吉屋の主で未亡人だったお吉《きち》の亭主におさまって、渡り中間を廃業したのだという。

紹介された山崎は、荒《すさ》んだ生活をしているらしく、埃《ほこり》にまみれた衣服を着け、ふらりと吉屋に現れた。

虎蔵の話によれば、店に寄るといっても、安酒の銚子一つを頼むだけで、時間をかけて飲み、それで満足して帰っていくという事だった。

だが山崎は戸塚の屋敷にいた頃は、勘定掛《かんじょうがかり》を勤めていたらしく、屋敷内では一目おかれていたようだ。

「虎蔵、酒と肴を山崎さんに。俺は飯だ」

十四郎はそう言うと、山崎に席を勧めた。

山崎は、怪しむ顔で十四郎を見詰めていたが、それでも酒と肴に食欲をそそられたのか、紹介者が虎蔵ということもあってか、素直に座った。

「回向院の無縁仏に参っているそうだな」

十四郎が水を向けると、山崎は酒と肴を運んできた虎蔵にちらと目をやり、頷いた。

「まあ、好きなだけやってくれ。で、知り合いでも葬られているのか」

「同僚だ」

ぶっきらぼうに返してきた。

だが、手を休めることなく、箸を使い、盃を傾けている。

十四郎は、掻い摘んで事情を話し、戸塚の悪をいざという時には証言してもらえないかと頼んでみた。

山崎は、十四郎の話を聞くうちに、箸を止め、聞き入っていたが、話が終わると、険しい表情を見せて、

「願ってもない話だ」

と、頷いた。

「いや、おぬしに頼むのも、転ばぬ先の杖でな。おぬしの手を煩わさなくても処理できるかもしれぬ。だが、念のためだ。そうなった時にはよろしく頼む」

「なんの。俺もこのような身分に落とされて、もはや戸塚に義理はない。義理がないどころか、日が経つにつれ、許せないという気持ちが高まっている」

山崎の話によれば、回向院に葬られているのは、山崎の前の勘定掛をやっていた男で、一両の金が帳簿から落ちていたばかりに、屋敷内で手討ちにされ、回向院に無縁仏としてほうり込まれたのだという。

山崎自身も、わずか十三文のつけ落ちがあっただけで、金を着服するつもりかなどと言われ、屋敷をほうり出されたのだと言った。

「女にだらしがないばかりか、金の亡者《もうじゃ》で、被害にあった者は数知れぬ。さきほど、塙殿が申されたお筆のことも、間違いなく押して不義であろう。屋敷内の者ならみんな知っていることだ。また青山様の一件も、戸塚の邪恋が発端だった。向島《むこうじま》の桜の花見に行った折に、青山様の奥方を見初《みそ》めて、それで、なんとかできないものかと策を練ったのでござる。初めから御小納戸の話などなかったのでござるよ」

「馬鹿な。そんなことが通ると思っているのか、戸塚という人は」

「それが、人も様々でございましてな。お役が欲しいばかりに、二つ返事で奥方を差し出すお方もいる訳でして」

「まさか」

「いえ、本当です。どんなことをしてでもお役につきたいと思っているお旗本はいくらでもおります。特に下級旗本にとっては、お役高がつく役職は夢のような話です。しかも、御小納戸衆となればなおさらです。戸塚はそれを利用して、やりたい放題なんですよ」

山崎は、吐き捨てるように言い、それで少しは溜飲《りゅういん》が下がったのか、

「私でよければ協力しますよ」

と、また箸を取った。


「ごめん」

十四郎が松枝町の千春親子の住む長屋の戸を開けた時、板の間で大五郎が俯せになって眠っていた。大五郎は腰紐で胴を縛られ、その紐は柱に括りつけられて

いた。

――やっ。

十四郎は飛び込んで、

「千春殿」

呼びかけたが返事はない。

と、大五郎が驚いたように目を覚まし、母親の姿を求めて、火がついたように泣き出した。

「泣くでない、泣くでない」

十四郎は走りよって、大五郎を抱いた。

だが、大五郎は十四郎の腕の中から逃れるように抗《あらが》って泣く。泣くのも今が初めてではなく、泣き寝入りしていたらしく、目は既に腫《は》れ上がっていた。

「よしよし。いったいどうしたというのだ、これは……」

十四郎は、大五郎の胴を縛っていた紐を解き、抱いたまま背中をさすってみるが、大五郎は人攫《さら》いにでもあったように泣く。

「困ったな。腹がすいておるのか。母上はどこなんだ」

おろおろと十四郎が大五郎を抱いてあやしていると、戸口から長屋の女が飛び込んできた。

「誰だい、あんたは」

女は、十四郎を怪しい人間だと思ったようだ。

「俺は、勘助の知り合いだ。いや、千春殿とも見知っている仲でな、塙十四郎と申す。ちょっと立ち寄ってみたのだが、この通りだ」

「まったく」

女は舌打ちすると、大五郎を抱き取って、持ってきた大根の漬物の尻尾を大五郎の手に摑ませた。

「ほれ、大ちゃん、これ食べな。今何かつくってやるから。いい子だねえ」

頭を撫でた。

大五郎はそれで泣きやんだが、小さな掌に大根の尻尾を摑んだまま、しゃくり上げている。

「千春様も遠慮なく言ってくれればいいのにさ。妙に遠慮して、大ちゃんを縛りつけて出かけていくんだから。勘助さんがいた頃にはこんな可哀相なことはなかったんだけどね。水臭いよ」

「千春殿は出かけているのか」

「遠くには行ってないと思いますよ。旦那、悪いけど、大ちゃん、ちょっと見ていておくれ。あたいは向かいに住むおきん。何か大ちゃんの口に入るもの持ってきますから」

「そうか、すまんな」

「それにしても、子供の扱いも知らないのかね」

じろりと軽蔑《けいべつ》の目を投げてきたところに、千春が帰って来た。

「これは、ご迷惑をおかけしたようで、申し訳ございません」

千春は、背後に夕闇を背負ってきたようで、外はもう薄暗くなっていた。

おきんは厳しい顔で千春に言った。

「同じ長屋の者なんだから、遠慮なく言って下さいな。少しの間なら大五郎ちゃんの面倒ぐらい、どうってことないんだから。こんなことして、間違いでもおきたらどうするんですか」

「申し訳ありません」

「じゃあね……もういいわね」

おきんは、十四郎に一瞥《いちべつ》をくれると、帰っていった。

「お恥ずかしいところをお見せしました。仕立物を急いで届けなくてはならなかったものですから……今白湯《さゆ》でもお入れします。どうぞお上がり下さい」

千春は大五郎を抱きかかえると、十四郎に頭を下げた。

「俺のことはいいから、早くこの子の腹を満たしてやりなさい」

十四郎は、懸命に大根の尻尾をしゃぶっている大五郎を見て言った。

腹を満たすのに、武士の子も町人の子もない。無邪気に大根に食らいつく大五郎を見ていると、胸が詰まった。

いくら下級の旗本とはいえ、殿様、奥様、若様と呼ばれる世界に身を置いた人たちが、一転して貧乏のどん底に突き落とされて、頼る者もない心細い生活をしているのである。

十四郎は大五郎の相手をしながら、夕餉の支度をする千春に目を遣った。

その後ろ姿は、凛《りん》とした言動とは裏腹に、あまりにも心許《こころもと》なく寂しげだった。

まもなく膳が出て、

「このようなものしかございませんが、塙様もどうぞお召し上がり下さいませ」

と勧めてくれたが、膳の菜《さい》を見て千春親子の生活ぶりが窺《うかが》えた。

大根の煮付けと大根の葉の味噌汁、それに飯は芋粥《いもがゆ》だった。

「やっ、これはかたじけない」

断っては千春を傷つける。

十四郎は箸を取って、一口すすった。

思わず言った。見掛けより、ずっとうまいものだと正直思った。芋から出たとろみと塩加減が絶妙だった。

「うまい」

千春はふっとほほ笑むが、すぐに口を結んで、木匙《きさじ》で大五郎の口に粥を運ぶ。ひと匙、ひと匙、粥に息を吹きかけて、大五郎に粥を与える千春を見て、十四郎は言った。

「これから、どうされるおつもりか」

「分かりません……この子を育て上げる、今はそれしか考えておりません」

「まさか戸塚豊後守に一矢《いっし》報いたいなどと考えているのではないでしょうな」

すっと、千春の横顔が固くなった。

「だから勘助に暇を出した……違うかな」

「塙様……」

千春は、手を止めて十四郎に向いた。

「一矢報いたい……その気持ちはずっとあります。でも、私にはこの子が、夫の忘れ形見の大五郎がいます。もしも私の身に何かあれば、この子は生きてはいけません」

「ではなぜ……勘助がいれば、少しは暮らしも楽だったはず」

「勘助を、私たち親子の生活のために、どうして引き止めておくことができましょうか。これ以上、犠牲にする訳には参りませんでした」

きっぱりと言った。

勘助は、親の代から青山家に奉公している忠義者。そろそろ誰かを娶《めと》らせようと思っていたところへ、お家は断絶となった。

奉公人たちが潮が引いていくように散っていくなかで、勘助は頑として千春親子についていきた。

青山兵庫の親類縁者でさえ、ぴたりと門戸を閉ざして、千春親子と縁を切った。累《るい》が及ぶのを恐れたのだ。

千春の実家も弟が家督《かとく》を継いでいて両親は既に亡くなっている。

弟はさすがに姉を不憫《ふびん》に思ったか、せめて大五郎だけでも引き取ってもよいと言ってくれたが、妻帯して子も既に三人いる。

弟の気持ちはありがたかったが、二百石の禄では所帯の苦しさも想像できる。

弟の妻の立場も考えると、やはりここも頼るべきではないと、千春の方から縁を切った。

そんな中で、勘助の存在は、どれほど有り難いと思ったことか。しかし、だからこそ勘助に迷惑は掛けられないのだと千春は言った。

「塙様。お家が断絶になって、わたくし、初めて人の心が分かったような気がします。窮境に陥った時、その時心を掛けてくれた人こそが、真に私たちのことを考えてくれていた人なのです。良い時には黙っていても人は集まります。でも、困った時に、こちらが心を掛けてほしい時に、手を差しのべてくれる人こそが真の縁者であり友人です。勘助は、真の奉公人でございました」

「うむ。ならば申し上げるが……」

十四郎は、勘助の近況を告げた後、あのまま放っておけば、危ない行動に出る恐れがあるのではないかと言った。

そして、実は自分は寺宿橘屋の者だが、戸塚の件に関しては、橘屋も関わっている一件があり、なんらかの制裁を下すようお上にも働きかける所存である。軽挙妄動は慎むよう、千春から勘助に伝えて貰いたいと告げた。

「勘助が、そのような事を申していたのですか」

千春はそう言い、じっと考えていたが、

「塙様。実は勘助が、今朝訪ねて参ったのです」

「何……」

「お金を持って……実入りのいい植木職人になったとか申しまして……」

「ほう……」

「もちろん、頂く訳には参りませんから、突き返しました。でもその時、三日前から戸塚様の屋敷の庭に入っているのだと申しまして……奥様もお体にはお気をつけ下さいませなどと別れのような言葉を……塙様」

千春は息を呑んで、十四郎を見た。

六

「待て、待ってくれ……青龍！」

翌日、十四郎と藤七が、月桂寺の寺前通りにさしかかった時、前面西方から裸馬が土煙を立てて走って来た。

馬はたてがみの美しい駿馬《しゅんめ》であった。

二人は咄嗟《とっさ》に塀際に避け、馬をやり過ごしたが、馬が去るとすぐそのあとに、十人ほどの侍中間が入り乱れて、馬の走り去った方角へ向かって走り抜けた。

「青龍と呼ばなかったか」

一同を見送って、十四郎が藤七に聞いた。

「確かに、そのように」

藤七が頷くと、今度は、

「たいへんだ、人が殺されてるぜ」

町人体の男が走ってきた。

「どこだ」

十四郎が叫ぶ。

「む、むこうの、お屋敷の前だ」

男はいったん立ち止まって、走ってきた後方を指した。たった今、馬が飛び出して来た方角だった。そしてそこには、戸塚豊後守の屋敷がある筈だった。

「藤七」

十四郎は不吉な予感に襲われて、藤七を促し、男の指した屋敷に走った。

果たして、戸塚の屋敷の塀際に、法被を来た男が倒れていた。近付くにつれ、それが勘助だと分かった。

「勘助……」

十四郎は、走りよって抱き起こした。

「十四郎様。この傷は……」

藤七が勘助の体に走る、いくつもの刀傷に驚愕《きょうがく》した。

気づくと、勘助の体から夥《おびただ》しい血が流れている。

「勘助、しっかりしろ」

十四郎は勘助の頰を張った。

「は、塙様……」

勘助が、虚《うつ》ろな目を開けた。

「どうしたのだ、いったい」

「う、馬を……」

「馬……そうか、戸塚の馬を放したのはおまえか」

勘助は、うっすらと笑みをうかべて頷くと、

「青龍は、上様からご褒美《ほうび》にいただいたものと聞きました……ざまみろです」

うんうんと、頷いてやる十四郎に、

「奥様に……こ、これを……」

勘助は、力をふり絞って自分の懐に手をやった。だがもう、自身で懐に手を差し入れる力はないようだった。

藤七は急いで勘助の懐を探り、血にまみれた巾着を引き出した。

「これですね」

藤七が、勘助の顔の前に巾着を掲げると、勘助は頷いた。

巾着は、藤七の手に余るほどの膨らみを見せていた。勘助が昼飯も摂らずに貯めた金だと十四郎は咄嗟に思った。

「分かった。必ず千春殿に届けるぞ」

十四郎が告げると、勘助は目を閉じた。

「勘助、勘助」

激しく勘助の体を揺すりながら、もう駄目か……と十四郎が藤七と顔を見合わせたその時、突然かっと勘助が目を見開いた。

「勘助……」

「こ、これでいいのです。か、勘助は、しあわせでした」

勘助は、うわ言《ごと》のように口走ると、息を止めた。

血の匂いが、十四郎の鼻孔《びこう》を刺した。

「十四郎様」

藤七が、前方、戸塚豊後守の門前を目顔《めがお》で指した。

数人の侍が、こちらの様子を窺っていたものか、十四郎がきっと顔を上げると、せせら笑って門内に消えた。

邸内で、不埒《ふらち》な犬を討ち据えて捨てたまでだというような態度だった。死者に対しての憐憫《れんびん》の情のかけらさえ、侍たちには見えなかった。

侍たちが扉をきしませて閉じる音、閂《かんぬき》を差し込む乾いた音が聞こえた時、

――許せぬ。

十四郎の胸に、怒りがふつふつと湧いた。


勘助の遺体は、松枝町の千春の裏店に運び、ささやかな別れの儀式が藤七の差配で行われた。

勘助を長屋に運び入れた時、千春はそこに泣き崩れた。

血糊《ちのり》を拭き、板間に寝かされた勘助に、大五郎がよちよちと近付いて、

「ねんね……ねんね」

勘助の頭を撫でると、集まっていた長屋の連中が一斉に啜り泣いた。

勘助が千春に渡してくれと十四郎に託した巾着には、銀、銭、取り混ぜて、二両近くが入っていた。

その巾着を、千春は十四郎と藤七の前に差し出して、

「このお金は、長屋の皆さんとのお別れに使いたいと存じます。勘助の気持ちは、私、十二分に頂きました。本来なら、わたくしが捻出しなければならない費用です。せめて、賑やかに送ってやりたいと存じます」

と、千春は言った。

千春が、長屋の者たちの遠慮のない思いやりを、心底から受け入れた瞬間だった。

――これでいい。これで、千春の先行きを案じていた勘助も成仏《じょうぶつ》できる。

十四郎は藤七に後を頼むと、松枝町の裏店を出た。

頃は五ツ（午後八時）。

水も温《ぬる》み、両国《りょうごく》橋の橋下には、賑やかに灯をともした船が行き交って、橋を渡る者たちには、嫌でもその喧騒《けんそう》が聞こえてくる。

一方で人が殺され、悲しみに浸っている者たちがいるかと思えば、他方ではこ

うして金にあかして管弦《かんげん》に酔う者もいるのである。

十四郎は足早に橋を渡った。

今夜は人の嬌声《きょうせい》を聞き、眺める心境にはとてもない。

黙然として深川の橘屋に顔を出すと、お登勢が待ち構えていた。

「山崎十内様とおっしゃるお方が……」

お登勢は、帳場の奥を見遣って頷き、台所の方へ消えた。

十四郎が、帳場の奥の小部屋に入ると、山崎はかなりの時間酒を飲んでいたらしく、赤い顔をして出迎えた。

「これは山崎殿。お待たせしたようですまぬ」

「何、美貌の女将を前にして酒を頂き、こちらのほうこそ相すまぬ。だが、ちと貴公が羨《うらや》ましくなったぞ」

山崎はにやりと笑うと、一転して真顔になって膝を直し、

「聞いたぞ。屋敷で騒動があったらしいな」

と、切り出した。

「知っているのか」

「ついこの間まで、あの家にいたのだぞ……俺の凋落《ちょうらく》ぶりを見届けたいのか心

配してくれているのか、屋敷の者は何かと情報を入れにきてくれるのだ」

「うむ」

「それによると、植木屋に化けて屋敷に紛《まぎ》れ込んだ男は、青山様の中間だったらしいではないか」

「ほう。そこまで知れているのか、屋敷では」

十四郎は膝を寄せた。

山崎の話によれば、勘助は、数日前に、戸塚の屋敷に植木職人のなりをして現れて、庭木の剪定《せんてい》に参りましたと門番に告げた。

例年の剪定より一月早かったので、門番がそれを告げると、勘助は今年は店の都合で、どちら様にも早くお願いしているのだと言った。

門番は用人にも伺いを立てたが、そういう事情ならということで、勘助はその日から邸内に入ったのだという。

ところが勘助は、戸塚の中間に馬を見たいなどと言い、仕事の合間に度々厩《うまや》に足を運び、馬方にいろいろと尋ねていたらしい。

戸塚の厩《うまや》では、三年前に上様からご褒美として賜った『青龍』と、乗換え用の馬『隼《はやぶさ》』、それに荷駄用の馬二頭、合計四頭の馬を飼っていた。

勘助は特に青龍に異常な関心を寄せていたが、今日早朝、馬方が厩を離れた隙に、勘助は青龍の小屋の柵を外し、何食わぬ顔をして門近くまで馬を引き、家士に見つかったところで、青龍の尻に鞭を打った。

青龍はびっくりして邸内を暫く駆け回っていたが、結局、外に飛び出した。

その間、勘助は、激怒した戸塚の命令で、家士たちによってたかって斬り刻まれ、外に放り出されたのだと山崎は言った。

「勘助という中間は、家士たちに囲まれた時、少しも動ぜず、『我はもと青山家の中間、勘助と申す者なり。主の敵、一矢報いたり』と叫んだというぞ」

山崎は小気味良さそうに笑った。盃の酒を空けると、話を継いだ。

「勘助は、戸塚の屋敷に入る前に、丸八を辞めていたんだ。それで、丸八はお咎《とが》めを免《まぬか》れた訳だが、青山様の妻女には、なんらかの報復があるやもしれぬ。それを貴公に伝えておこうと思ったのだ」

「そうか。で、その後、あの馬は屋敷に戻ったのか」

「それだ。まだ見つかってはおらぬ。なにしろ上様から拝領した馬だからな、公になればただではすむまい。そこで、密かに捜しているらしいのだが……俺にまで知らせてきたという事は、まだ見つかってはおらぬという事だろう。捜し出せば必ずもとの勤めに戻してやる、とまあ、俺にもそう言ったのだが……」

「そうか……まだ、見つかってはおらぬのか」

十四郎が腕を組んだ。その時、

「十四郎、いるか」

と言いながら金五が入って来た。だがすぐに山崎を見て、

「山崎殿か」

念を押して座ると、

「夕刻寺務所に来ていただいたそうだが、留守をしていてすまなかった」

と目礼し、

「山崎殿ならよろしかろう……十四郎。馬の居場所が分かったぞ」

「まことか」

「ああ。月桂寺の寺前通りを東に行くと、尾張《おわり》様の馬場がある。馬場は鉄砲場に隣接して設けられているのだが、戸塚様の馬は、そこに紛れ込んだのだ。馬の好きな者が見れば、それと分かる名馬。二、三日様子を見て、飼い主が現れない時には、お目付《めつけ》に届けられる筈だ」

「誰から聞いたんだ、その話」

「今日、尾張様の馬場で流鏑馬《やぶさめ》があった。寺社奉行、町奉行が呼ばれて参観していた。それで知れた。そういう話は漏れるのが早いからな。ひょっとして戸塚の家の者は、馬場に馬が逃げ込んだのを知っているのかもしれぬ。だが、貰い受けるには理由を述べなければならぬ。なにしろ、馬は上様から拝領した品だ。手違いで馬が逃げたなどと申し開きができる筈もない」

「危ないな。青山様の妻女殿が……」

山崎が言い、顔を上げた。

「妻女をつかまえて、勘助の罪状を証言させれば、お咎めは免れる。戸塚はそう考えているかもしれぬぞ」

酔った目が、十四郎を捉えていた。

「十四郎」

金五は、十四郎をきっと見て頷いた。

七

白くたなびいているのは、朝霧である。

霧は、隅田川両岸に帯が流れているように垂れこめていて、そのうねりは神田《かんだ》川にも及んでいた。

十四郎と藤七は、柳森《やなぎもり》稲荷の鳥居の下に立ち、辺りを見渡した。

鳥居の前はちょっとした広場になっているが、すぐその先には柳原《やなぎわら》堤が浅草御門まで続いており、白い帯は、この堤に茂り始めた青草の上にも、几帳《きちょう》が垂れ下がるように立ち籠《こ》めていた。

東の空に陽の光が輝き始めると、霧は風に飛ばされるように消え、当節は堤の青草を馬の餌にするために刈りにくる武家の姿が現れる。

そういった事情を考えると、決着は霧が晴れる前につけた方がいい。十四郎はそう考えていた。

「まもなく、暁七ツ半（午前五時）にはなりますね」

藤七が、霧の先を透《す》かし見るようにして言った。

その時であった。

山岡《やまおか》頭巾を被った恰幅《かっぷく》のよい武家と、家臣と思われる武士数名が、和泉《いずみ》橋を渡り、土手下の空地を歩いてやって来るのが見えた。

十四郎は、鯉口《こいぐち》を切って出迎えた。

「戸塚豊後守殿でござるか」

「いかにも……おぬしが、塙十四郎か」

「そうだ」

十四郎が踏み出すと、頭巾の男は、鷹が獲物を狙うような険しい目で、十四郎をきっと見た。鷲鼻《わしばな》で顎《あご》の長い男だった。

「山崎はどこにいる。この土手で、わしの馬が草を食《は》んでいるのを見つけたというのは本当か」

「馬はここにはおらぬ。山崎もおらぬ」

「何。騙《だま》したのか」

「騙す……人を騙すのはおてまえの得意ではないのか」

「貴様、何を言いたい」

「金の欲、色の欲。おてまえは、姦計をもって人を騙し、陥れた。経師屋の女房お筆への押して不義、青山兵庫様への姦計の数々、覚えがござろう。自身でお目付に白状するならば、愛馬青龍の居所を教えてやってもいいぞ」

「わしを誰だと思っている。御小納戸頭取に向かっての暴言、許せぬ。何者だ」

「俺は駆け込み寺、慶光寺の寺宿橘屋の者」

「寺宿だと……浪人の分際で、許せぬ。斬り殺せ」

戸塚が叫んだ。

家臣たちが一斉に羽織を脱いだ。既に羽織の下には白い襷《たすき》を掛けていた。鞘《さや》走《ばし》る音がして、するすると十四郎と藤七を囲む。

「藤七は動くな」

はい、という藤七の声を聞いて、十四郎はゆっくりと刀を抜いた。同時に、藤七をそこに置いて、ぐいぐいと河岸の方に進んで止まった。

家臣たちも、八双に構えたまま、ずるずると十四郎についてきた。

——ここでよし。

十四郎はぴたりと止まって、刀を構える。

一瞬、びくっと家臣たちが動いたが、そのまま、十四郎を窺っている。

霧の帯が、家臣たちを包み、十四郎を包んできた。

「何をぐずぐずしている。殺《や》れ」

家臣たちの背後から、戸塚が叱咤《しった》した。

十四郎は、家臣たちが飛び込んで来る前に、地を蹴った。

驚愕して見迎えた正面の家士に飛び掛かって、相手の刀を叩き落とし、返した刀で、家士の腹から喉元に斬り上げた。

家士は、声を立てる間もなく、霧の中に沈んで落ちた。

素早く体勢を立て直した十四郎に、今度は右横手から、しゃにむに男が向かってきた。

十四郎はその男の懐に自分から飛び込むと、その剣を撥《は》ね、同時に左から打据えてきた男に体をねじると、振り下ろした刀でその男の頭を割った。

家士たちに動揺が走るのが見えた。

その時である。

戸塚が、家士たちの脇をすり抜けると、河岸に走った。

「待て」

追尾しようとした十四郎に、

「やーっ」

背後から、白刃が落ちてきた。

十四郎は振り返って払い、戸塚を追った。

戸塚は、どうやら、河岸に繋いである船を目指しているようだ。

十四郎は、間一髪、戸塚が飛び乗ろうとした船の前に立ちふさがった。

戸塚は剣を構えて、醜く口を開け、太い息を吐いている。

「口ほどにもない奴め」

十四郎が更に間合いを詰めた時、戸塚が突っ込んできた。

十四郎は一分も動かず、難なくその剣を払い落とすと、戸塚の喉元に剣先を伸ばして、止めた。

「その手を斬り落とすのはたやすいが、落とせば切腹の作法も難しかろうと思ってな」

にやりと笑った。

「ひぇっ……た、助けてくれ。何でもやるぞ。仕官《しかん》か、仕官もさせてやるぞ」

戸塚は、埒《らち》もない言葉を発し続け、じりじりと鳥居の前まで引き下がった。

――ふん。

十四郎が、故意に剣を引いた。戸塚はそれを隙と見て、稲荷の境内に逃げ込んだ。

と、その時、

「悪党め」

突然、境内の植木の陰から金五が飛び出してきた。

両脇に慶光寺の手代二人と、橘屋の若い衆を従えている。しかも皆襷《たすき》を掛け、裾をはしょって、木刀、捕り縄を握っていた。

「な、何だ、貴様たちは」

仰天して見返す戸塚。その戸塚に金五が言い放つ。

「寺社奉行配下の者だ。近頃、あちらこちらの社《やしろ》が荒らされると聞いて張り込んでいた。神妙に致せ」

「何をたわけたことを。わしは戸塚豊後守。御小納戸頭取だぞ」

「たわけはそちらだ。御小納戸頭取が、早朝の、まだ人の通らぬこの稲荷に何しに参った。その頭に被《かぶ》った頭巾こそ、盗賊の証ではないか。己の素性を知られたくないからであろう。たとえ戸塚様であろうとも、ここは寺社地、言い訳は評《ひょう》定所《じょうしょ》でなさるがよろしかろう。それ」

金五が颯爽《さっそう》と手を上げると、手代、若い衆がわっと戸塚を取り囲み、あっという間に縄を打った。

十四郎は、残った家士を振り返った。

「おぬしたちに罪はない。去れ」

家士たちは、弾かれたように、もと来た道へ逃げ帰った。

「十四郎、何をしているのだ」

金五が橋屋にやってきた時、十四郎は襷を掛けて、お民《たみ》に手伝わせ、台所に立っていた。

「おう、金五か。ちょうど良かった。待っていろ。珍しいものを食わしてやるぞ」

「珍しいもの……」

「芋粥だ」

「芋粥……いいよ、俺はいらん」

「近藤様、そうおっしゃらずに、食べてあげて下さいませ」

お登勢が顔を出した。

途端に、大きな音を立てて、十四郎が鍋の蓋を落とし、

「あちっ」

「あーっ」

お民が、鍋の中を覗いて叫んだ。

「お民、大きな声を出すんじゃない」

「だって、十四郎様。十四郎様はお芋をお塩を入れたお湯でさっとゆがいてから、お米の中に入れましたか」

「そんなことをするのか」

「そうです。だからお鍋にアクが、それにぬめりも吹き出して……」

「どうすればいい」

「もう。あたしがやり直しますから、十四郎様は近藤様と、あっちに行っていて下さいませ」

「それみろ」

金五が笑った。

十四郎は、渋々台所を退散して、金五と一緒に、お登勢の居室になっている仏間に入った。

仏壇の中には、亡くなったお登勢の亭主や先代の位牌がある。

いつこの部屋に入っても、お登勢は、仏花を供えていて、灯明《とうみよう》の油皿も線香立ても、綺麗に磨き上げていた。

ちらりとその仏壇に目を遣って、十四郎と金五が、中庭の見える障子際に腰を下ろすと、すぐにお登勢も茶を運んで来て座った。

「近藤様。お筆さん、寺を出て、幸助さんのもとに帰るんでしょ」

「うむ。幸助は光太郎を、我が子として育てるということだ」

「それはようございました。万寿院様もお喜びでございましょう」

「それだ。今度の俺たちの働きにいたく感心されてな。近く俺と十四郎にご褒美《ほうび》が下される」

「まあ、何でしょう」

　お登勢は、嬉しそうにほほ笑んだ。

　柳森稲荷でお縄にした戸塚豊後守は、和田倉《わだくら》御門外にある辰《たつ》ノ口《くち》の評定所で、三奉行立合裁判（寺社奉行、町奉行、勘定奉行、目付が陪審）が行われ、即日切腹、お家は断絶の処分を受けた。

「それにしても、青山様の奥様の行く末は、どうなるのでございましょう。お一人でお子を育てるのは大変でしょうに……」

　お登勢が溜め息をついた時、藤七が顔を出した。

「お登勢様。青山様の奥様が参られました。お家の再興が叶いまして、そのご挨拶に参られたとか申されております」

「それはまた……」

お登勢は、ぱっと明るい顔をして立ち、玄関に急ぐ。

十四郎と金五も後に続いて玄関に出ると、千春が晴れやかな顔をして、立っていた。

「塙様、それに皆様、本当にありがとうございました。青山の家はもとの家禄のままで再興が叶いましてございます」

腰を折って挨拶をする。

「お子はどうされた。留守番ですか」

十四郎が尋ねる。すると、

「よう……」

山崎が大五郎を抱いて、入って来た。

「おぬし……どうしたのだ」

金五が目を丸くして聞いた。

「今日から私は、青山様のお屋敷に勤めることになり申した。まあ、暫くは若様の養育係というところだ。塙殿、近藤殿、遠慮なく遊びに来てくれ。今度は俺が酒代を持つ」

「駄目だ、こりゃあ……おぬしは養育係ではないか。奥方、こんな男を家士にするのはやめた方がいい」

金五のその言葉で、一同はどっと笑った。

第二話　通《とお》し鴨《がも》

一

「塙様、いよいよこの八兵衛《はちべえ》もお終《しま》いでございますよ」

大家の八兵衛は、枕元に座った十四郎を仰ぎ見て、心細そうな声をあげた。

いつもなら月の終わりに、夜討朝駆《ようちあさがけ》で人の都合はお構いなしに家賃取り立てに走る八兵衛が、鳴りを潜めているのを心配して訪ねてみると、八兵衛は階下の奥の六畳間で臥せっていた。

八兵衛の家は、長屋の入り口にある一戸建てである。そこに一人で住んでいた。

「何を言うか。鬼の霍乱《かくらん》ではないのか」

「いえいえ、物が喉を通らないのでございますよ」

「いつからだ」

「もう三日になります。で、山本了択《やまもとりようたく》先生に診ていただいたんですがね」

「ほう、あの有名な了択先生にな」

了択は、三年前にすぐ近くの薬研堀《やげんぼり》に開業した医者だが、瞬《また》く間に人気をとって、あれよあれよという間に、総檜《そうひのき》づくりの診療所兼住居を建てた医者である。

「それがあんた、何をもって有名なのか、よく分かりました」

「そりゃあ診立《みた》てがいいからだろう」

「とんでもございません。家の脈、引いて人参《にんじん》盛りたがり——とはあの先生のことでございますよ。病人の診立てより、家の内証《ないしよう》を診立てるのが得意のようでございまして、とんでもない薬礼《やくれい》を要求してきたのでございます。脈を診ただけで、薬代三日分と合わせて一両二分もとられました。そこらへんの医者の三倍、いやそれ以上でしょう。おまけに早く元気になりたかったら、朝鮮人参がいいなどと。よくまあ、あんな医者が務まるものでございますよ。あたしはそれを聞いただけで熱が出てしまいました」

「ほう……食がなくなり、熱もか」

十四郎は、努めて心配げに顔を覗くが、しなびている顔はもともとのものだし、血色も悪くはない。

重い病気にかかった者は、もの言わずとも、なんとなく生気を失い、見るからに命の灯が消えるのが分かるものである。

父を亡くし母を亡くした十四郎は、人の最期は、本人の意思とはかかわりなく、凄絶な表情になるのを見てきている。

それに比べ八兵衛は、物は食しておらずとも、表情にはゆとりがあって、発する声にもまだまだ生気が十分あった。

待ってましたというように、家を覗いた十四郎を摑まえて、ながながと医者への鬱憤《うっぷん》を晴らす元気もあるのである。

どう見ても、この世の終わりというふうには見えなかったが、しかし、ここでそんな事を言おうものなら、元気になった時に家賃の値上げを言い出しかねない。

だから努めて神妙に、相槌《あいづち》を打った。

すると八兵衛は、一層同情をひこうとして、

「腹が固く張っておりますし、それに、ほら」

八兵衛はべーをして舌を出した。

「真っ白でしょう」

「ふむ、そりゃあいかんな。俺にできることがあるか。遠慮なく申せ」

十四郎は、行きがかり上、そう言った。

すると突然、八兵衛は声を詰まらせ、

「遺言を……」

「何、遺言」

驚いて聞き返した十四郎に、八兵衛は重々しく頷いて、

「実は、私には生き別れになっている女房がいるのでございます」

と、言ったのである。

「何、女房殿がいたのか」

目を丸くした十四郎に、八兵衛はしみじみと言った。

十八年前のことである。

八兵衛は当時木綿《もめん》問屋の手代《てだい》を務めていたが、三十半ばになって、賄《まかな》いに通いで来ていたお町《まち》という女と恋仲になり、それを知った主が、所帯を持ち、小さな店でも開いたらどうかと勧めてくれた。

所帯は持ちたいが、ずっと以前から自分は商売には向かない人間だと八兵衛は思っていた。それが証拠に、一緒に店に入った同輩は、とっくに番頭になって手

腕を振るっていたのである。

そこで八兵衛は、所帯を持つと同時に、百両で大家株を買って、米沢町一丁目の大家におさまったのである。

大家というのは、地主家持ちからその管理を任されて、店賃を集めて地主家持ちにその金をおさめる仕事の他に、公用、町用を務め、自身番《じしんばん》にも出張るというお役もあって、なかなかのものだと八兵衛は思っていたし、仕事に対する自負もある。

第一、住まいの家賃はただだ。大家としての収入も入るし、つけ届けもある。一番多い収入は店子《たなこ》の屎尿代《しにょう》で、これが大家の実入りの第一であった。屎尿は近隣の百姓に売却する訳だが、八兵衛の場合、表店の大家も兼ねていることから、年間にして五、六十両もある。

もっとも、屎尿といっても、江戸で売却できるのは屎（糞）だけで、尿は溝に流していた。

ちなみに京大坂《きょうおおさか》では、屎も尿も売却できる。ただし、屎代は地主のもの、尿は店子の野菜や綿代にかわり、大家には屎代も尿代もびた一文入ってはこない。

それに比べれば、江戸の大家には、黙っていても、屎代で日々の糧を賄えるに十分の手当てがあった。

だがお町は、八兵衛が店を持つものと考えていたらしく『江戸の大家は糞尿《ふんにょう》で子を育て』などと陰口をたたかれるのは嫌だといって、女の子を産んでまもなく実家に帰ってしまったのである。

お町の実家は、川越《かわごえ》街道の平林寺《へいりんじ》近くにあり、府内にいた頃は、叔母の家から八兵衛が勤めていた木綿問屋に通っていたようで、以後、お町の実家には娘の養育費を送り続けているのだが、いっこうに戻ってこない。

離縁を言い立てないところを見ると、金だけは欲しいらしい。

「考えてみれば、これほど腹の立つ話はございませんが、女というものは、台所は火の車でも、どこどこのお店のおかみさんだと人にも言われ、自身もそれ相応に着飾ってちやほやされたいようでございまして。困ったものです。でも、あたしには身内といえば、その、離れて暮らす女房と娘だけでございます。あたしにもしもの事があった時には、あたしの貯めた財産で、娘の婿になる人と、これと思う店を開くよう伝えてほしいのでございます」

八兵衛は、勝手に出ていった女房子供の行く末まで案じていた。

人は見かけによらないとはこのことで、十四郎は八兵衛の話を聞いていて胸が熱くなった。

「八兵衛、そんな用ならたやすいことだが、俺が見たところでは、そうそう簡単に死ぬるようには見えぬぞ」

「いえ、食べ物が入らなければ、いずれ死にます」

「他の医者に診てもらえ。金を残すのもいいが、持ったままでは死ねぬ」

「効きもしない薬を押しつけられるのは嫌でございます。無駄金でございます」

「ふーむ。じゃあ俺の知っている医者に聞いてみるか。少々変わった医者だが、薬礼をぼったくったりする医者ではないことは確かだぞ」

「足代を取るのでございましょう」

「橋向こうだ。取らないのじゃないか。俺が世話になっている橋屋とは昵懇《じっこん》の仲だ」

「橋屋さんの……そういうことでしたらお願いします。実を申しますと、もう一人ぐらい、どこかのお医者に診ていただければ、納得も覚悟もできて死ねるのにと考えておりました。よろしくお願いいたします」

八兵衛は、縋《すが》るような目を向けた。

そういう訳で、十四郎は裏店を出た。

十四郎の頭の中にあったのは橋屋のかかりつけの医師柳庵だった。柳庵は、北《きた》鞘町《さやちょう》に住まいする表《おもて》医師の父親から独立して、先頃、両国橋を渡った深川の北《きた》森下町《もりしたちょう》に開業したばかりであった。お登勢の話では、場所は弥勒寺《みろくじ》橋の南角だという。

十四郎は、八兵衛の孤独を思いやりながら、ゆっくりと両国橋を渡っていった。

橋の上の往来の多さは、毎度のことだが、橋下の川面にも、川開きの日より屋形船や屋根船がめっきり増えて、まだ昼間だというのに、賑やかなことこの上ないといったところだ。

両国橋は明暦《めいれき》の大火以後、四代将軍家綱《いえつな》の時代にできたもので、橋の長さは九十六間《けん》（約百七十五メートル）、幅四間（約七・二メートル）もあるが、行き交う船は数え切れないほど並んでいるし、それが管弦を鳴らし、手踊りし、夕闇が迫ると裕福な商人たちは花火まで上げる。そういう情景が秋まで続くのである。

だから橋の上も同じように、川面の賑やかさを覗き見る往来の人で、この時期は著しく混雑するのであった。

橋番が「止まるな、止まるな。進め、進め」と声を張り上げて、橋の上で人の渋滞するのを防いでいるが、どれほど聞いている者がいることか。

十四郎が、人の波を縫うようにして橋を渡り切った時、尾上町《おのえちょう》の方向に、広小路を走る同心たちを見た。

――なんだ、喧嘩か。

気になって後を追うと、尾上町のごみ集積所に、同心は走り込んだ。すでにそこには人だかりができていて、近くにある料亭『清瀬《きよせ》』の法被を着た男衆の姿も見える。

人の肩越しに覗くと、商人風の男が、ごみの山に頭を突っ込んで死んでいた。

「このお方は、大伝馬町《おおてんまちょう》の砂糖屋の主で、伊勢屋長吉《いせやちょうきち》さんでございます」

清瀬の法被を着た男が、顔を強張らせて同心に言った。

「間違いないか」

同心が聞く。

「はい。昨夜、うちで寄り合いがございまして、終わったのが五ツ半（午後九時）だったと思いますが、伊勢屋さんは町駕籠《かご》も呼ばずに夜風にあたりたいとか申されまして店を出たのです。まさかこのようなところで亡くなっているとは夢にも思いませんでした」

「何か、変わったことはなかったか」

「いつもの通りでございました」

「そうか……よし、番屋に運べ」

同心が連れてきた小者《こもの》に言った。

すぐに戸板が用意されて、その上に死体があお向けに載せられた。

伊勢屋長吉という男は、初老の、頭髪が胡麻塩がかった男だった。

人垣を割って戸板が運び出される時、十四郎は長吉の首が、鋭利な刃物で切り裂かれているのを、はっきりと見た。

「凶器は匕首《あいくち》ですね」

後ろで声がして振り向くと、柳庵が黒羽織の身なりで、扇子を口元にたてて、立っていた。

「柳庵……こんなところでどうしたのだ」

「あら、十四郎様こそ、よろしいのですか。こんなところでうろうろしていて」

「俺は、あんたに会いにいこうと思ってここまで来たのだ」

「ところが、人だかりができていたんで、野次馬根性で覗いていた。そうおっしゃるのでございますね」

「うむ、まあ、そういう事だ」

柳庵は、ふふふと笑うと、

「実は私も、十四郎様にお願いしたいことがございまして……そしたら、見たことのあるお人が野次馬の中にいるではありませんか。まさかと思って近付いてみたら、やっぱり十四郎様でした」

「なんだ、俺に用というのは。どこかのしるこ屋にでも入るか」

「いえいえ、私もこれから往診です」

と薬箱を掲げてみせて、

「私の用事は、歩きながらでもよろしいのですが」

と言う。

「そうか、俺の用事も、一度診てやってほしい人がいて、その頼みだ」

「承知しました。十四郎様のご推薦なら喜んで……といっても、まだ開業したばかりですから、患者が増えるのはありがたいことです」

「そうか、よろしく頼む」

十四郎は手短に八兵衛の話をし、

「して、おまえの用は」

並んで歩く柳庵の横顔に言った。

「実は私の患者に、木綿問屋の伊勢屋茂兵衛《もへえ》というお人がいるのですが、そのお内儀《ないぎ》が昨日、駆け込みをするにはどうしたらよろしいのでしょうか、などと聞くものですから、びっくりして……というのも、仲のいい老夫婦だと見ておりましたのに、診療に参りまして突然そんな話をするものですから。それなら米沢町にこれこれこういう人がおります、十四郎様のことですが……その人を訪ねるもよし、また橘屋を訪ねても、相談にのってくれる筈だと、まあ、そのように申しておきました。ですから、前もってお知らせしておこうと思いまして……」

「分かった。内儀の名は、なんと申す」

「おくらさん。年は六十過ぎたところ。ご亭主は、たとえは悪いですが、さっき戸板で運ばれていった人ぐらいの年齢ですかね。住まいは大伝馬町です」

「何……大伝馬町の伊勢屋……」

十四郎は立ち止まって、尾上町を振り返った。

ごみ置き場で殺されていた男も伊勢屋といい、住まいは大伝馬町だと、料理屋清瀬の男が言っていた。

「どうかしたのですか」

柳庵が怪訝な顔をした。

「いや」

「では、私はここで」

「うむ」

「帰りに八兵衛さんのところに寄ってみます」

「すまんな」

「じゃあ」

柳庵は、腰をしなりしなりと振りながら、両国橋の東広小路から駒留橋《こまどめ》を渡って行った。

見送った十四郎の耳目に、再び隅田川の喧騒が飛び込んできた。

二

伊勢屋茂兵衛の女房おくらが、橘屋にやってきたのは、数日後のことだった。

柳庵に五十過ぎだと聞いていたが、小皺《こじわ》は目立つが、色白のうりざね顔に、結城紬《ゆうきつむぎ》をしゃっきりと着て、鬢《びん》に混じった白い物も、それはそれで初老の女の味わい深い美しさを醸《かも》し出していた。

「いい年をして、このような事を相談するのもお恥ずかしいのですが……」

帳場の裏の小部屋に座ると、まずそう切り出して、恥ずかしそうに苦笑した。

「何をお聞きいたしましても、他言《たごん》は致しませんので、なんでもおっしゃって下さいませ。こちらが塙十四郎様、そこに控えておりますのが、手前どもの番頭で藤七と申します」

お登勢が同席した二人を紹介すると、

「塙様のことは、柳庵先生からお聞きしております」

と、十四郎に会釈した。

長年木綿問屋のおかみとして差配してきた貫禄と心配りが、おくらの身のこなしには表われていた。

だがおくらの表情は暗かった。顔に憂色《ゆうしょく》をたたえて言った。

「あの、私のような老人でも、お寺は、引き受けて下さるのでございましょうか」

「私の知っている限りでは、おくらさんのようなお年の方が、寺入りした話は聞いたことはございませんが、お年は関係ないと思いますよ」

お登勢も、相手が年配の女とあって、少々戸惑い気味である。

まずおくらに心配りを見せてから、ただ、お年もお年ですし、よくよく考えた上で行動した方が良いのではないかと言った。

するとおくらは、

「もちろん、よくよく考えた上で参りました……でももう、他に方法がございません」

と、太い溜め息をつく。

おくらの話によれば、おくらは今年で五十一歳、亭主の茂兵衛は五十五歳。

二人の間には息子が一人、初太郎《はつたろう》というが、店はこの初太郎が先月身代《しんだい》を継いだばかり、近々本所の油屋の娘と結納《ゆいのう》を交わす手筈になっている。

ところが茂兵衛は、突然、初太郎の婚礼が終わったら、すぐに郷里の伊勢松坂《いせまつさか》に帰ると言い出したのだ。

初太郎も身代を継いだとはいえまだおぼつかない。傍で監督指導も必要なのに、それもうっちゃって田舎に引っ込むと言う。

江戸で隠居暮らしをするのならともかく、おくらにしてみれば、まだ見たこともない伊勢くんだりまでついていくのは心許ない。

だったらいっそ、夫婦別れして一人で田舎に引っ込んでほしいと頼んだところ、それはできないと茂兵衛は言い張り、話は平行線で収拾がつかなくなった。

駆け込みをすると脅せば、茂兵衛は翻意《ほんい》してくれるかもしれない。もしも翻意してくれなければ、それはそれで仕方がないと、そこまで決心して相談に来たのだと言った。

「年をとれば田舎が恋しい。分からないことはないが、夫婦がもめてまで帰ることはないだろう。茂兵衛はなぜ、そんなに伊勢にこだわるのだ」

十四郎が聞いた。

「分かりません」

おくらは、ほとほと困ったという顔をした。

「では、おくらさんは、茂兵衛さんが伊勢に帰るのを断念してくれれば、何も問題はない訳ですね」

今度はお登勢が念を押した。

「ええ……でもあの人は、もうそのつもりでおりますから……」

「分かりました。一度茂兵衛さんにお会いして、いろいろとお話をしてみましょう」

「よろしくお願いいたします」

おくらは、腰を折った。

おくらはそれで帰っていったが、十四郎はおくらの落ち着き払った態度が気になっていた。

おくらは、十四郎やお登勢にとっては、母のような年齢の人である。

落ち着いていて当たり前といえばそれまでだが、おくらの態度には、自身はもうとっくに腹を決めているというような、そんな気配が見えていた。

「おとっつあんが伊勢に帰りたいなどと言い出したのは、つい最近でございます。それも突然に。今まで伊勢のことなど口に出したこともなかったのでございますよ」

木綿問屋『伊勢屋』の当主となった初太郎は、大伝馬町二丁目の、伊勢屋の店の奥座敷に十四郎を招き入れると、店の者を遠ざけて、父親には手を焼いているのだと言った。

この日、十四郎が伊勢屋を訪ねたのは七ツ半、通りは一日の最後の賑わいを見せていた。

大伝馬町は江戸の中でも呉服を商う店が軒を連ねていて、人の背丈ほどある長《なが》暖簾《のれん》や、軒先から下まで縫い閉じた日除け暖簾、軒先には間口いっぱいに細長く張った水引《みずひき》暖簾が、紺地に屋号を染め抜いてはためいていた。

客は、この競い合うように張った暖簾を目印にして店を選ぶが、暖簾に染め抜いた屋号に『伊勢屋』が多いのに、十四郎は驚いた。

初太郎に会うなりそれを尋ねると、初太郎は、木綿の着物は、江戸では結城縞《じま》がまず第一の人気だが、武家や商店の奉公人に仕着せとして提供するのは、松坂《まつさか》縞が主流だという。

松坂縞は伊勢が生産地、それに江戸で呉服屋を束ねる『越後屋』が伊勢松坂出身ということもあって、木綿問屋の多くは伊勢から来た商人でなっており、それがために『伊勢屋』屋号も多いのだと説明した。

初太郎の店も、父親の茂兵衛が伊勢出身で、そういった店の一つだと言った。

しかし、今頃になって、どうしても伊勢に帰りたいなどと言う父の気持ちが分からないと初太郎は言う。

「ただ、母が伊勢についていきたくないと言ったのには、理由があります」

「ほう……」

「実は父には、昔夫婦になろうと約束した女の人が伊勢にいるようでして……しかも十年前でしたか、江戸と伊勢を往復している仲買人のある人が、その女の人がどこにも嫁がず、父を待っているなどと店で話していたものですから、母がどうもその事を気にしているのではないかと」

「なるほど……おっかさんは、だから伊勢に帰るのは嫌だという訳ですな」

「いい年をして、お恥ずかしい次第です」

「いやいや、色恋に年は関係ござらんぞ。近頃はつとにそういう風潮になってきておる。だからおっかさんは心配しているのかもしれぬ。しかしなんだ、茂兵衛はその女にまだ未練があるのか」

「さあ……」

初太郎は、小首を傾《かし》げ、

「近頃は何を言い出すのかと、ひやひやしております。先日も、同じ町内の砂糖屋の伊勢屋長吉さんが殺されましたが、それからというもの、何かに怯《おび》えているようでして」

「そうか、尾上町で殺された伊勢屋長吉もここの町内だったたな」

「はい、この大伝馬町で、呉服屋以外で伊勢屋を名乗っているのは、砂糖屋の伊勢屋さん一軒だけです」

「では、砂糖屋の長吉も伊勢の出か」

「そのようです。しかも、伊勢屋長吉さんは、ちょうどおとっつあんと同じような年頃だったものですから、おとっつあんは、江戸は老人の住むところではないなどと申しまして、長吉さんが殺されたと知ったその日のうちに、帰郷するまでの間、店は留守にすると言い出しまして、向島《むこうじま》の寮にひっこんでしまいました」

「じゃあおっかさんも向島か」

「いえ、父は一人で参りました。店の者にも、湯治《とうじ》に行っているのだと言うようにと、そこまで神経を使いまして。ですからこのことは、母と私しか知らないのでございます……まったく、何を考えているのやら、おとっつあんも惚けました。惚けた父親を一人で伊勢に帰すことはできません。私も困っております」

初太郎は肩を落とした。

十四郎は、伊勢屋の長吉が殺されたことと、伊勢屋茂兵衛が郷里に帰りたがっていることとは、何か関連があるのではないか……と、ふと思った。

三

伊勢屋茂兵衛は、名物桜餅《さくらもち》で有名な長命寺《ちょうめいじ》を東に入った百姓地を買い入れて、草葺《ぶ》きの平屋を建て、周りを鶯袖垣《おうしゅうがき》で囲んだ簡素な家に住んでいた。

十四郎が長命寺で桜餅の包みを買って、緑に覆われた灌木《かんぼく》の茂る小道を進み、その家にたどり着いた時、既にあたりは夕闇に包まれていた。草葺きの家は薄闇に溶け込んで、いっそう侘《わび》しい住まいに見えた。

十四郎は、網代《あじろ》の戸を押し開けておとないを入れたが、返事がなかった。それどころか、家の戸口は雨戸が引かれ、灯の光はおろか煙さえ上がってはいなかった。

――これではまるで幽棲籠居《ゆうせいろうきょ》の有様ではないか。隠居して自適に暮らしているとはとても思えぬ。

仕方なく裏に回ると、一枚だけ雨戸が半開きになっていた。

――年寄りの事だ。耳が遠くて俺の声が聞こえなかったか……。

少しほっとして、

「茂兵衛、俺は初太郎からここを聞いてきた者だ。いるなら顔を出してくれ」

声をかけながら、半開きになっている雨戸に半身を入れて中を覗こうとした。

すると、いきなり頭上に木刀らしきものが振り下ろされた。

「何をする」

すばやく飛びのくと、雨戸の陰から、長い木の枝を摑んだ老人が姿を見せた。

十四郎は、その顔を見て、どきりとした。

尾上町で殺された長吉と、年頃はおろか、背丈や顔の輪郭、肉付きまでそっくりだった。

「茂兵衛だな」

十四郎は念を押して、自身の名を告げ、おくらが橘屋に相談にやってきたこと、それで初太郎にも話を聞いて、ここにやってきたことなどを、外に立ったままで素早く話した。

それでようやく信用したらしく、茂兵衛は木の枝で入れというふうに振って見せ、体を一方に寄せた。

十四郎が、縁先から這いずるように中に入ると、茂兵衛は外を用心深く確かめた後、ぴしゃりと雨戸を閉めた。

家の中は暗闇となった。一つぼうっと明るいのは火鉢の火のようだった。

「これでは話もできぬ。灯を入れてくれ」

十四郎が、茂兵衛の黒い影に声を掛けると、茂兵衛はようやく、火鉢に寄って、側に置いてあった蠟燭《ろうそく》に火を点して燭台《しょくだい》に立てた。

まず目に飛び込んできたのが、敷きっぱなしの布団だった。周りに読み物が数冊散らかっているが、いずれも途中まで読んで伏せたままになっていた。のんびり読書をしているというふうではなく、読書に耽《ふけ》ろうとしても心が落ち着かず、投げ出したかのように見えた。

庭いじりをするでもなし、書き物をするでもなし、いったい、ここに籠もって何をしているのかと見渡しながら、

「食事はどうしているのだ」

十四郎は聞いてみた。

「近くの、百姓の家から運ばせている」

「ふむ……初太郎が心配していたぞ。誰か店の者に食事を運ばせればいいではないか」

「駄目だ。誰もここに来ては駄目だ」

茂兵衛は、突然怖い顔をして言った。

十四郎が、茂兵衛の膝前に桜餅を置くと、茂兵衛は甘い物に飢えていたらしく、すぐに包みを解いて一気に三個も頬張った。

喉につかえたのか、鉄瓶の水を差し口に直接口をつけて飲み、それでやっと落ち着いたのか、

「おくらが何を言いましたか……私は、おくらと別れるつもりはありませんよ」

じろりと見た。

「初太郎から聞いたんだが、伊勢には許嫁《いいなずけ》だった人がいるらしいな」

「何をいまさら……確かに生きていれば、まだ一人で暮らしているのかもしれませんが、私を待って年をとってしまったという話は、十年前の話です。その後、その女がどうなっているのか知りません」

「ふーむ。しかしおくらはそれを気にしているのじゃないか。おまえが伊勢に帰るのを断念してくれたら、別れるのなんのと言いたくない。おまえとずっと一緒に暮らしたいと言っているのだ」

「馬鹿な女ですよ、いい年をして。若い頃には分別のある女だと思っていたんですが。私の気持ちは決まっています」

「おくらは本気だ」

「ふん。そんな脅しを言っても無駄ですよ、塙様」

「ならば、仕方がない。おくらにはそう伝えよう。いや、邪魔をした」

十四郎は膝を起こした。

するとと茂兵衛が、突然言った。

「塙様、お願いがございます。しばらくの間でよろしいのです。息子が祝言《しゅうげん》を挙げるまで、私の傍にいていただけませんか」

「何、俺に用心棒になれというのか」

「手当てははずみます。ぜひにも……」

茂兵衛は縋るような目で見詰めてきた。

「茂兵衛、もしかして、おまえは誰かに狙われているのではないか」

「まさか……私はただ、一人では心細い時もございますので」

「茂兵衛」

「はい」

「俺は橘屋に雇われている人間だ。ただ心細いというだけで、おまえと一緒にここにいる訳にはいかぬ」

「……」

「何があってここに引き籠もっているのかしらぬが、俺のような人間に頼む前に、女房子供に正直な胸のうちを明かすのが先ではないのか」

十四郎はそう言い置いて、外に出た。

茂兵衛は何も答えなかった。

すぐに雨戸を閉じて、また引き籠もったようである。

十四郎は気になってしばらくそこに立ちつくしたが、茂兵衛はことりとも音を立てず、息を殺しているようだった。


「いや、馳走《ちそう》になった。お登勢、これはなかなかのものだな」

金五は、折詰めになった会席弁当を平らげると、満足げな顔をした。

「十四郎様は、いかがでしたか」

同じように箸を置いた十四郎に、お登勢が聞いた。

「これなら客は、喜んでもとめていく」

「ありがとうございます。藤七はどうでした」

最後に箸を置いた藤七にも聞いた。

た。


「はい。結構でございました」

お登勢は、それを聞くとにっこりとほほ笑んで、廊下に控えていたお松に言った。

「これでいきましょう。皆さんにお茶をさしあげて下さい」

今日夕刻、十四郎たちは『三ツ屋』で売り出す折弁当の試食をお登勢に頼まれた。

三ツ屋の料理は薄味でうまいと評判がたち、客が帰りの土産にたびたび折弁当を作ってほしいとせがむようになって、それなら思い切って、弁当を売り出してみてはどうかということになったのである。

お菜《さい》は季節季節の魚や野菜で、形よく、彩りよく並べられていて、見るだけでも楽しめるような弁当になっていた。

ゆったりと構えているように見えて、お登勢はなかなか商才にも長《た》けている。

十四郎は感心していた。

「しかし、なんだな。話は変わるが、その茂兵衛とかいう親父さんは、ちとおかしいな」

金五が、思い出したように言った。

「わたくしも十四郎様の話を聞いて、これは、ただ、郷里に帰りたいというような、単純な話ではないように思います。そんなこととは知らずにおくらさんは……」

お登勢は茶を運んできたお松が、皆の前に茶碗を置いて下がるのを待って、今日おくらから聞いた話を持ち出した。

十四郎が昨夕、茂兵衛から聞いた結果を、おくらを呼び出してお登勢が話をしたところ、おくらは、

「それほど決心が固いのなら、仕方ありません。私は寺入りを致しまして、伊勢には夫だけ帰ってもらいます」

と言った。

その理由を、おくらは、やはり伊勢で待つ、茂兵衛の昔の女が原因だと言った。だがすぐに、嫉妬《しっと》や拗《す》ねて夫と別れると言っているのではなく、せめて老後は、昔の女と過ごさせてやりたいのだと言ったのである。

「皆様には申し上げておりませんが、私は親も兄弟もいない天涯孤独の身でございました。後ろ盾もなく船宿で働いていたところを茂兵衛に拾ってもらったのでございます。仮にも大伝馬町に店を張るお人が、私のような者を女房にしてくれ

たのです。しかも夫は、女遊び一つせず、二人の間にできた初太郎のために店を大きくするのだと、そりゃあもう、懸命に頑張って参りました。競争の激しい大伝馬町で、店を潰しもせず今日まで皆様と肩を並べてこられたのも、みんな夫の働きがあったればこそでございます。私も初太郎も、それは大事にしてくれましたし、今、伊勢の女の人に、茂兵衛を返したとしても、私は十分幸せをもらっております」

おくらが、密かに人を使って最近調べたところでは、茂兵衛と約束していた女の人は、まだ健在だった。しかも一人で頑張っているのが分かったのである。伊勢に帰るというのなら、夫一人を帰してやりたい。だから駆け込みを決心したのだとおくらは言った。

「おくらさんは決して、女の意地や悋気《りんき》で言っているのではありません。あの人は、心の底から、そう思っているのです。今時稀有《けう》な話ではありませんか」

お登勢は、しみじみと言った。

確かに近頃、夫婦仲は水臭くなっている。

良い時はいいが、いったん何か不都合が生じると、すぐに別れ話になる。

武士の世界はともかくも、町人の世界はずいぶん、心が乾いてしまっているようだ。

それも、若い者ならまだしも、いい年をした夫婦がそうだ。

特に、夫が息子に跡を譲ると、途端に女房の態度が冷たくなる。

夫はもはや用なしで、大事なのは息子である。

ところがそうなると、亭主はかえって女房にべたべた甘えることになり、それがまた、老境を前にした女たちの神経を逆撫《さかな》でするらしいのだ。

女たちには何年夫婦をやってきたのか、そんなことは問題にもならない。

まして、『女大学《おんなだいがく》』とかいうような代物《しろもの》も、町場の女には通用しない。

あからさまに、亭主を邪魔者のように扱う女たちの多い中で、おくらのような女は珍しいと、お登勢は言った。

「お登勢、おくらの気持ちは分かるが、茂兵衛は、ただ江戸を離れたいだけだと俺は思うぞ」

「それにしては、やりかたが……いったい、何を考えているのでしょうか」

「俺もそのことを考えていた。あの、茂兵衛の態度は腑《ふ》に落ちぬ」

十四郎は腕を組んだ。

すると藤七も、

「十四郎様、私も少し気になっている事がございます。私の調べたところでは、茂兵衛さんの過去がはっきりしません」

と、小首を傾げて、

「実は、松坂縞の仲買人に聞いた話では、茂兵衛さんはある日突然、あそこに店を出したということです」

「どこかの番頭か手代上がりではなかったのか」

「いえ。違うようです」

「俺の大家の八兵衛から先だっていろいろ聞いた話では、店を出す者のうち、手代や番頭上がりが最も多いと聞いている」

「その通りです。仲買人たちは、そういうことについては聡《さと》いですから、どこかのお店にいたのなら知っている筈です。伊勢の者ということは分かっておりますが、どういう経緯で店を出すに至ったか、まったく分からないのです」

「ふむ……あそこに店を構えるには、少なくてもいかほどの金が必要なのだ」

「さあ、あの辺りの沽券《こけん》の高《たか》はたいそうな額だと聞いております。でも、店借りにすれば坪あたり銀で五匁《もんめ》、五十坪の店として月二百五十匁、金で四両一分ほどでしょうか。たとえ、その倍の店賃だったとしても、店借りをすれば、まあ、五百両もあれば、何とか店の形は整えられると存じますが……」

傍からお登勢が思案しながら、そう言った。

「五百両か……」

「いずれにしても大金だな。伊勢の実家から持ち出してきた金、とは考えられんのか」

金五が藤七に聞いた。

「いえ、それも考えられません。これも仲買人の話ですが、伊勢松坂が出所といっても、茂兵衛さんの親は綿を栽培していた百姓だったようでして、息子に大金を持たせて江戸に出すなんてことはとてもできる筈がない、と言っていました。言い交わした女との話も、まず茂兵衛さんが江戸に出て、一旗あげたら呼び寄せるという事だったらしいですから、仲買人の話は信用できるのではないでしょうか」

「どうもそのあたりに、今度の話の原因がありそうですね。十四郎様、もう少し調べてみてはいただけませんか。できれば、年老いた夫婦が別れるなんてことは、してほしくありません」

「無論だ」

十四郎は立ち上がっていた。

四

与力松波孫一郎は、奉行所の大門《おおもん》を、風呂敷包みを抱えて出てきた。

「やあ、お待たせせした」

松波が勤める北町奉行所は呉服《ごふく》橋御門内にある。南町奉行所は数寄屋《すきや》橋御門内にあり、月番《つきばん》の奉行所は、陽のあるうちは大門を開けている。左右には小門があるが、右の小門は急訴のための門で、夜中も閉めずに開いている。左の小門は囚人の出入り口で、これは夜は閉められていた。

奉行所は非番の月だからといって、勤めがない訳ではなくて、前月受けつけた訴訟ごとの処理は行われていた。

北町奉行所は、この月は月番だった。

十四郎が松波を訪ねた時、松波は白洲に入っていて、まもなく終わるということだった。それで、十四郎は大門の前で松波を待っていたが、松波はさほど待たせることなく、出てきたのである。

「今日は私が馳走します」
松波は、会うなり言った。
「いや、ちょっとお聞きしたいことがあって参ったのです」
「まあ、いいじゃないですか。すぐそこです」
松波は強引に先にたって歩き、呉服橋を渡って西河岸町《にしがしまち》の鰻屋《うなぎ》『元祖大蒲焼
江戸川《えどがわ》』と暖簾を張る店の二階の小座敷に入った。
店の主がやけに松波に愛想を振りまくと思ったら、『元祖大蒲焼』の店の屋号
を巡って争いがあり、松波が江戸川に軍配をあげたらしく、以後、江戸川の主は、
松波を歓待するのだと言った。
「なあに、相手は『創始』を名乗っておるからして、同じようなものなのだが
……」
松波は苦笑した。
鰻は隅田川でも神田川でもよく獲れた。江戸で蒲焼の屋台が出たのが享保《きようほう》の
末だというが、今では鰻の専門店だけでも三百軒はあるらしい。
中には、高級料亭の一皿二百文もするような蒲焼まであり、店の数が増えれば
当然様々な争いも生じるのだと、松波は言った。

主が、大蒲焼に鰻重、すまし汁等を賑やかに並べて退出していくと、松波は十四郎の盃に酒を満たしながら、

「して、用というのは……」

と、覗き込むような目を向けた。

「いや、先月の末に伊勢屋長吉を殺した下手人ですが、もう見当はついているのですか」

「おおよそですが、この春に、ご赦免《しやめん》になって帰ってきた政蔵《まさぞう》という男ではないかと……」

「ほう……政蔵とはどういう男ですか」

「島流しになった直接の原因は、二十五年前に起こした喧嘩の末の殺人でした。当時政蔵は、名は忘れましたが女と一緒に住んでいたのです。この女が池之端《いけのはた》の出合茶屋『花房《はなぶさ》』に勤めていまして、男ができた。で、別れるの切れるのと女が言い出して、政蔵は怒り狂って相手の男を呼び出して、口論した末に殺《や》ってしまったという訳です」

「なるほど……」

「その時、政蔵は持っていた匕首《あいくち》で、相手の首を掻き切っていました。手口があ

まりにも今度の殺しと似ているのです」

「なぜ、死罪でなくて遠島《えんとう》だったのですか」

「奉行所は、もともとの非は相手にあると判断したんでしょう。で、その政蔵ですが、左目の縁に茶碗を伏せた程の痣《あざ》があった。ところが、今度の一件で、料亭清瀬の前を左の目のあたりに痣のある男が徘徊《はいかい》していたという報告が入りまして、それで政蔵の名が挙がったのですが……ただ、政蔵が下手人だとすると、動機がはっきりしないのです。分かっているのは、殺された長吉と政蔵は、出自が同じ伊勢ということだけです」

「政蔵も伊勢の生まれですか」

十四郎が驚いた顔をすると、

「何か気になることでも」

「ええまあ……」

十四郎は盃を空けて膳に戻し、あらぬ方に視線を流して、茂兵衛も同じ伊勢の生まれだと思い出していた。

松波は、十四郎の表情の動きを読んだのか、

「もうひとつ、政蔵については、気になっていることがありますよ」

と言った。

「もうひとつ」

「はい。当時政蔵には別の疑いがかかっていました。火事場泥棒です」

「火事場泥棒……」

「二十五年前の喧嘩殺人の五日前に、本所で火事がありまして、油屋の『黒木《くろき》屋』が半焼しましたが、その時、どさくさに紛れて、黒木屋の蔵から五百両もの金を盗んだ者がいます。盗人は二人組の男だったと、数日後、奉行所に届け出てきた者がおりまして、盗賊の一人の目のあたりに痣があったと証言したんです。たまたま喧嘩殺人で捕まえた政蔵とよく似ていたものですから、拷問《ごうもん》までして取り調べをしたらしいんですが、結局本人も否定するし証拠の金も出てこなかった。政蔵は、喧嘩殺人だけで裁かれたという経緯があります」

「ふむ。五百両も盗んだとなると、死罪ですからな」

「そうです。私は、政蔵はそういうことも考えて、吐かなかったのではないかと考えています」

「で、もう一人の盗人は捕まったんですか」

「いえ」

「殺された長吉が、仲間だったという事は考えられませんか」

「それはないと考えています。当時も今も、政蔵とのかかわりはいっさいありません」

「いや、参考になりました」

「橘屋の事件に関連があるのですか」

「今のところはなんとも……もしもそういう事でしたら、お話しします」

十四郎は、それで事件の話を打ち切った。

松波も深追いはしなかった。

話は自然と鰻の話となった。

「塙さんは、腹開きと背開きと、どちらが好きですか」

松波は、二つ目の串を手に持って聞いた。

「さあ……しかし、腹開きは京大坂でしょう。こちらでもやっているのですか」

「ありますよ。やはり少し脂《あぶら》っこいのではないかと思いますがね。江戸の鰻の方が美味しいですな。白焼きにして蒸して、それからつけ焼きにしていますから、手をかけていますよ。それに比べて上方風は蒸しもしないでつけ焼きします。そこが違うんですな」

「よく食べるのですか、鰻」

「いえ、家では食べません」

「なぜです」

「女房殿が嫌いです」

「ほう……」

「蛇のようだと言うんです。で、私は鰻を食べたくなったら、外で食べる」

二人は、見合って吹き出した。

「そう言えば一度、お登勢殿が、肝ばかり集めて、山椒《さんしょう》の葉と一緒に醤油で煮詰めて佃煮風にしたのを食べたことがありますが、あれはなかなかのものでした」

松波が、すまし汁を啜りながら言った。

「ああ、そういえば私も一度……しかし、これだけ鰻屋もありますと、いったいどこの鰻が美味しいのか分かりません」

「『大和田《おおわだ》』はもちろん有名ですが、神田上水にある『森山《もりやま》蒲焼店』は、これは鰻屋でもかなり古いのですが、美味しいです。一度一緒に行きましょう」

松波は、楽しみができたというような顔をして笑った。

敏腕与力で難しい顔をしているのが看板のようになっている松波も、好きな食べ物の話になると、青年のように声を弾ませた。

鰻の話をしながら懸命に鰻にむしゃぶりついている松波の額は赤く染まって、そこには太い筋がくっきりと際立って見える。

――この男、よほど鰻が好きらしい。

十四郎も苦笑して、串にがぶりと食らいついた。


「十四郎様……」

藤七が木綿問屋伊勢屋の店を目顔で指して、立ち止まった。

十四郎と二人して、ちょうど伊勢屋の手前の店にさしかかった時のことだった。

伊勢屋の店先には町駕籠三挺《ちよう》が待機していて、その一つに、黒紋つき羽織袴の男が、紫の風呂敷包みを抱えて乗り込むところであった。

後の二挺の駕籠にも、様々な品や風呂敷包みが積み込まれ、男が連れてきたと思われる若い衆二人が酒樽を持ってその駕籠につき添うと、駕籠はゆっくりと出発した。

店の奥から見送りに出てきたおくらと初太郎が丁寧に辞儀《じぎ》をして一行を見送る

のが長暖簾の向こうに見えた。

藤七は、駕籠三挺の一行が目の前を過ぎるのを見送りながら、十四郎に言った。

「伊勢屋のお仲人ですね」

「そうか、今日は初太郎の結納日だったのか。しかし、伊勢屋ともなると、たいそうなものだ」

「縮緬《ちりめん》や絹や綿などの布類の他に、草履や紅白粉《べにおしろい》、昆布や真鯛などのめでたい食べ物、それに酒樽など結納品も様々ですから」

「よく知っているな、おまえは」

「亡くなられた旦那様がお登勢様をお迎えになるときに、私は傍におりましたから」

「うむ……藤七、初太郎の相手を知っているな」

「はい、本所の油屋『黒木屋』さんの一人娘で、お梅《うめ》さんという人だと聞いています」

「何、本所の油屋で黒木屋だと」

「はい。それがですね、お梅という娘はおたふくのような顔をしていて、周りの者は、よりにもよってなんであんな不細工な娘をと、驚いているのだと聞いております」

「まさか娘の敷金（持参金）が、目当てということではあるまいな」

「いえいえけっして……先程仲人が持参した目録には、結納金三百両という金額が記されている筈でございます。私が聞いた話では、親の茂兵衛さんが気に入って、どうしても嫁に欲しいと申し入れたと聞いています。敷金も嫁入り道具もいっさいいらない。黒木屋さんにとっては、これほどありがたい話はありませんからね」

「なぜだ」

「黒木屋は、先代の文五衛門《ぶんごえもん》さん、お梅さんの父親ですが、このお方が先年亡くなりまして、息子の太七《たしち》さんが跡を継いだんですが、途端に店の評判が落ちましてね。原因は、どうやら菜種《なたね》油の質を落としたようでして、それで客が激減し、店が危ないといわれていました。ですから、伊勢屋さんとの縁談は渡りに船だと、皆噂しております」

「ほう……」

十四郎は、昨日松波から聞いた、二十五年前の火事場泥棒の事件を思い出していた。

泥棒に入られたのは本所の油屋、黒木屋と聞いている。

藤七の後について伊勢屋に向かいながら、十四郎はかすかな疑念を覚えていた。

だが、店の中に入ってみると、おくらは言うに及ばず初太郎も、嫁を迎えるという喜びに顔を紅潮させていた。

店の者たちの動きにも、どこか溌剌《はつらつ》としたところが見えて、ちょっとしたことでも声が弾み、笑いがこぼれ、茂兵衛のことさえなければ、悩みを抱えている店のようにはとても思えない光景だった。

このような日に、暗い話を持ち出すのもどんなものかと思ったが、十四郎と藤七が奥の座敷に座ると直ぐに、おくらの方から茂兵衛への不満が出た。

「自分で話を進めておきながら、大切な結納の日にも顔を出さないのですから、あきれたものです」

「あれ以来、一度もここへは帰ってないのか」

十四郎は、出された桜茶を引き寄せて聞いた。

茶碗の中には、塩漬けにしていた桜の花がぽっと開いて浮かんでいた。

一口すすると、薄い塩味と一緒に、桜の花の香りがほんのりと漂ってきた。

目をおくらに戻すと、

「いっこうに帰ってくる気配はありません。不自由しているのではないかと案じておりますが、家を出た日にけっして誰も来るなと固く言われておりますので、どうしているものやら……」

おくらは溜め息をついた。

「妙なことをお聞きするが、ご亭主は、誰かに脅されているのではないか」

じっと十四郎は、おくらを、そして傍に座った初太郎の顔を見た。

二人とも不安な顔をして十四郎を見返した。

「そうか……何も分からぬのか」

「あの、何か父がそのようなことを申しておりましたのでしょうか」

初太郎が心配そうな顔つきで聞いた。

「いや、何も言わぬが、お前も言っていたように、俺の目にも何かに怯えているように見えたのだ」

十四郎は、先日茂兵衛を訪ねていった時の異様な言動を伝えた。

すると、初太郎は、

「おっかさん、とうとうおとっつあんは惚けたのかもしれませんよ。覚悟した方がいい」

深刻な顔をする。

「ふむ……ひとつ聞いておきたいのだが、政蔵という名を茂兵衛から聞いたことはないか」

「政蔵……いいえ。おっかさんは聞いていますか」

初太郎が、おくらに聞いた。

「知りませんね。一緒になって二十三年になりますが、一度も……」

「そうか……いや、それだけ確かめたかっただけだ」

十四郎が、膝を起こそうとしたその時、おくらがふっと思い出したような声を出した。

「それはそうと、いつだったか、見知らぬお客さんから、妙なことを聞かれました。こちらの旦那さんは、昔茂助《もすけ》と言われていたんじゃないですかって」

「茂助」

「はい。ですから私は、うちの亭主は茂助ではなくて、茂兵衛ですって言ったんですが、その人はそれを聞くと何も買わずに帰りました。変な人だとその時は思ったのですが」

「客は女か、男か」

「中年の女の人、そうねえ……小綺麗にはしていましたが、どこか崩れた感じのする人でしたね。ああ、そう言えば、口元にほくろがあったように思います」

「ほくろ……口元の右か左か、どちらだ」

おくらは、じっと考えていたが、

「右ですね」

と、確信したように言った。

「茂兵衛、悪いことは言わぬ。本当のことを話してくれぬか。何故ここに籠もっているのか。何故伊勢に帰ると言うのか」

十四郎は、厳しく尋ねた。

燭台の光が、どこからか入りこんでくる風に、時折揺れる。

黙って十四郎の話を聞いている茂兵衛の横顔も、そのたびに歪《ゆが》んで見えた。

時刻は八ツ（午後二時）過ぎだろうか、外は晴天で、茂兵衛の居る家の屋根にも、まわりの雑木や野原にも、陽気な光が降り注いでいる筈だった。

だが茂兵衛は、閉め切った部屋で、もぐらのように暮らしていた。

雨戸の隙間から棒線状に射し込む陽の光が、十四郎と茂兵衛の間に忍び入り、それで屋外の天気は分かった。

「茂兵衛……」

十四郎は、尾上町で見た長吉殺し、その下手人として政蔵という男が浮かび上がっていることなど、順を追って話して聞かせた。

だが茂兵衛は、うんともすんとも言わぬまま、暗闇を見据えていた。

「おまえは聞いているかどうか知らぬが、店に妙な女が現れたらしいぞ」

「………」

「その女は、おくらに、ここの旦那は昔茂助と言ったんじゃないかと聞いたそうだ」

十四郎がそう言った時、茂兵衛の表情がぴくっと動いた。

「おまえがここに隠れていて、それで問題が解決するのであれば、それはそれで結構なことだ。だがもし、おまえのために家族が危険にさらされるようなことになれば、とりかえしのつかぬことにもなりかねぬ。俺も話を聞く以上、おまえたち家族の幸せをまず第一に考えている。他言は致さぬぞ」

十四郎はじっと見た。容易に茂兵衛は語りそうにもないと、その表情を観察しながら腕を組んだ。

　すると、しばらくして、茂兵衛は亀が首をもたげるようにして顔を上げ、十四郎をきっと見た。

「塙様。本当に他言はなさいませんでしょうな」

「武士に二言はない」

「分かりました。お話しします、なにもかも……」

　茂兵衛はそう言うと、膝を回して十四郎に向き直った。

　やつれた顔が、恐怖でひき攣《つ》っているように見えた。

　茂兵衛は太い息をついてから、

「塙様。おそらくあなた様が推察している通り、私はとんでもない男でございます。包み隠さず申しますので、どうか、おくらと初太郎を守ってやって下さいませ」

　茂兵衛は静かに、語り始めた。

　今から二十七年前、茂兵衛は一大決心をして伊勢を出た。

　江戸で一旗あげて、言い交わした女を呼び寄せるためだった。

　伊勢の田舎で、陽の上る前から陽の落ちるまで働いたとしても、食うだけで精一杯、そういう生活から逃れたいという気持ちがあった。

江戸に出ればなんとかなる。それが証拠に、伊勢者は江戸ではたいそうな商人の一大勢力となっていると聞いていた。

京大坂、近江の上方商人と肩を並べ、あるいは競争して、伊勢を出る時は無一文だった人間が、江戸で成功して故郷に錦を飾った話も幼い頃から聞いていた。成功するのも夢ではない。手を伸ばせば、すぐそこにうまい話が転がっているように茂兵衛には見えていたのである。

だが、茂兵衛が江戸に出て味わったのは、仕事もなく金もなく、田舎者だと言われて受けた屈辱の数々だった。

後ろ盾もなく、身元のはっきりしない者は、まともな職にはありつけないということが、だんだん分かってきたのであった。

どう足掻《あが》いても、茂兵衛が江戸で立身するなどということは夢のまた夢、それを悟った時には、江戸暮らしも二年になっていた。

二十五年前の夏のこと、茂兵衛は賭場で知り合った同じ郷里の政蔵と両国橋の上にいた。

懐はすっからかんになり、二人は呆然として、橋の上から川面に賑やかに集う武士や裕福な商人たちの管弦に酔う有様を、じっと見詰めていた。

茂兵衛には郷里に口約束をした女がおり、政蔵には一緒に暮らしている女がいた。

なんとかしなければ、女一人食わせることも叶わずに、このまま一生を終えるのかという焦慮《しょうりょ》と不安が、二人の心にあったのはいうまでもない。

しかしこの江戸には、眩しいばかりの陽の光の中で存分に生を楽しむ一摑みの人間がいる一方で、働いても働いても楽にならず、常に暗がりの中でひっそりと暮らす人間がごまんといた。

その構図がはっきりするのが、隅田川の川開きであった。

湯水のごとく金を使って管弦に興じて川を上下する者たちと、その華々しい賑やかさを、橋の上や川の堤で見守るだけの者と、川開きによって繰り広げられる船遊びの光景は、その身分を二分していた。

橋の下と橋の上、ここも同じで、橋そのものが一種の結界《けっかい》のように思われた。

羨ましそうに船遊びを眺める茂兵衛たちには、一生かかっても、目の下にいる恵まれた人たちと交わることは不可能だった。

「ちぇっ」

政蔵が呟いて、橋の下を潜っていく船の屋根にぺっと唾を吐いた。

「茂助、なぜ、この世はこんなに不公平なんだ。奴らを見てると虫酸が走るぜ」

当時、茂兵衛は茂助と名乗っていた。

「まったくだ。あいつらと俺たちと、どこが違うというんだ」

茂助も相槌を打った。

「金が全てだ、金がな。金さえあれば、人も羨む生活ができるっていうのによ。ちくしょうめ」

政蔵は、苦々しげに言った。

——たとえその金が、盗んで得た金であったとしても、金を掴めばその者の勝ち——。

茂兵衛も政蔵も、そんなよからぬことを、口走った。腹立ち紛れの暴言だった。その先の行動を予測してのことではなかった。

ところがその時、本所の方で半鐘《はんしょう》が鳴り始めたのである。

同時に黒い煙があがったと思うと、

「火事だ、大変だ。本所の油屋黒木屋が燃えている」

両国橋の東詰から走ってきた男が、本所の方を指差しながら、走り抜けた。

それを聞いた政蔵が、

「茂助……」

険しい顔で頷いた。

「どう生きても一生だ。賭けてみるか」

政蔵の顔は、見たこともないような、興奮した顔になっていた。

「よし」

茂助が頷くと、二人は足早に橋を渡って本所に走った。

一直線に火事場に向かうと、なるほど油屋が炎に包まれていた。

黒木屋と書いた看板が、まもなく火に包まれて地面に散った。

二人はしばらく物陰から、慌てふためき逃げていくお店の者や、近隣の者たちを見送ってから、火の中に飛び込んだ。

まっすぐ蔵に走ると、運よく、運び出し途中の蔵の戸が開いたままになっていて、中に押し入ると、運び残した金箱の中に小判があった。

二人は夢中でそれを袖に突っ込んで火事場を出た。

どちらが言うともなしに、回向院に走り込み、雑木の中の榎《えのき》の木の下に金を埋めた。埋めるときに小判を数えると五百両あった。

「掘り起こすのは一年先だ。それまで絶対手をつけちゃあ駄目だ。二人で折半《せっぱん》、いいな」

政蔵が念を押した。

「分かった」

茂助も頷いた。

——二百五十両あれば、小さな店は持てる……。

茂助は頭の中で、その事ばかりを計算していた。

高揚していく気持ちを抑えて、二人は、何食わぬ顔をして寺を出た。

ところが、その五日後、政蔵は一緒に住んでいた女との別れ話に逆上した。政蔵は相手の男を呼び出して、喧嘩の末に相手を殺した。島流しの裁定が下ったのは、まもなくの事だった。

政蔵は、二度と生きては帰れぬ八丈島送りと決まったのである。

茂助はその日、永代橋の袂の陰から、八丈島に送られる政蔵を見送った。

船が小さくなると回向院に走り、榎の木の下を掘り起こした。

その金を元にして、大伝馬町の空店を借りたのである。

最初は綿布ばかりを扱う小売店を開いたが、五年後には木綿問屋に成長していた。

その間に伊勢の女を呼び寄せることをしなかったのは、急速に大店の主におさまった自分の過去を、人に知られたくないという考えが働いたからだった。

茂兵衛が、得意先の商人に誘われて利用した船宿の女おくらを女房にしたのも、そういう理由があったからだ。

おくらは、茂兵衛の過去については何も知らない。後ろ盾もなく、過去話をして聞かせなければならない親類の者もいなかった。

おくらは茂兵衛にとって、安心して女房にできる女だったのだ。

一方、茂兵衛はけっしておくらが言うような男でなかったことは確かだった。

しかし、心の中に怯えや不安を持ちながらの大店暮らし、だからこそ茂兵衛は、女遊びもせず、ただ真面目に働いてきたのである。

店をあげての川遊びも一、二度行っただけで、後は番頭に任せて家で留守番をしていたのだ。

両国橋に船がさしかかるたびに、あるいは両国橋を渡るたびに、茂兵衛の脳裏には鮮明に、結界を破って悪事を働いたあの日の事が思い出されて、身を震わせた。

最も胸を痛めたのは、盗みに入った黒木屋のことだった。

五百両の金が、商人にとってどれほど貴重なものか――。

店に五百両の金がたまった時、茂兵衛はひそかに黒木屋に五百両を返金した。送り主を伏せ、飛脚を使って、この金は火事場から拝借した金だと説明書きをつけて送った。

黒木屋はその金で、潰れかけていた店を再興した。

茂兵衛はその後も、遠くから黒木屋のなりゆきを、じっと見つめてきたのである。

だがここに来て、再び店の窮状を知った茂兵衛は、黒木屋に格好の娘がいたことを思い出し、縁談を持ちかけて三百両の支援を申し入れたのであった。

「いえね。これからだって、黒木屋のためなら何でもしてあげたいと思っています。ところが、島から帰ってきた政蔵と、両国橋の上でばったり会ったのでございますよ……。二十五年の歳月は、お互いの顔に無数の皺を寄せてはいましたが、目が合った瞬間、私も政蔵だと分かりましたし、むこうも私のことが分かったようです。政蔵は、榎の下に隠していた金はどこにやったんだと、にやにやしながら聞いてきました」

茂兵衛は、そこまで一気にしゃべると、傍の鉄瓶を引き寄せて、水を飲んだ。

「それで、政蔵に金を要求されたんだな」

十四郎は、茂兵衛が鉄瓶を置くのを待って聞いた。

茂兵衛はごくりと喉を鳴らして頷くと、その時の状況を、つい今しがた政蔵に会ってきたばかりのように、恐怖で顔を引き攣らせて説明した。

茂兵衛は政蔵に、五百両の金は返金したと伝えたが、政蔵は承知しなかった。あくまで二百五十両の金は、自分のものだと聞く耳を持たなかった。

政蔵は茂兵衛の身なりを上から下まで鋭い目で見回すと、

「結構な暮らしをしているようじゃないか、えっ……それもこれも、俺が島で死にそうな目に遭っている時によ。おめえ一人であの金を遣うことができたからじゃねえのか、おい。それなのに二百五十両渡せねえというのは、ずいぶん腹黒いとは思わねえか」

「政蔵、嘘じゃない。本当に金は返したんだ。しかし、お前の言う通り、一時あの金を流用したのは認めるよ。だからどうだろう。私の蓄えからあんたに百両、渡そうじゃないか。それぐらいなら、明日にでもお前に渡すことができる。この金は堂々と使える綺麗な金だ。それで承知して貰えないか」

「冗談じゃねえぜ。俺の取り分は二百五十。おめえの話が本当だとしても、おめえは俺の金を勝手に返金したことになる。いいか、よく聞け。金はなあ、置いときゃあ利子がつくんだ。それを忘れてもらっちゃあ困るぜ」

政蔵は、立ちすくむ茂兵衛の周りを一回りして、どすの利いた口調で言った。

「そうさなあ、五百でどうだい」

「ご、五百」

「何をびっくりしやがるんだ。あの時、俺がすっかり白状しちまっていたら、おめえの今があるか……ねえだろ？　二人して雁首揃えて、あの世にいっていた筈だぜ。おめえが罪を免れたのは俺のおかげだ。そうは思わねえか」

「………」

「返事をしろ、茂助」

「渡してやりたいが、できない相談だよ、政蔵さん」

「そうかい。じゃあこれから、おめえさんの店に行こうか。それとも、世間におめえの過去をばらしてやってもいいんだぜ」

政蔵は冷たい目を向けて、不敵に笑って、

「返金したとしても、盗みをやったことには変わりはねえ」

「待ってくれ。私の店はお前が考えているほどの店ではない」

「俺をなめるんじゃねえ！　一人殺すも二人殺すも一緒だからな」

「分かった。じゃあこうしよう。十日後にこの橋の東にある尾上町で寄り合いがある。その時に二百渡そう。寄り合いに出る前に、この橋の上でだ。後は、も少し待ってくれ」

「よし。もしも約束を違《たが》えた時には、おめえの命を貰う。いや、おめえばかりじゃねえ、おめえの女房子供の命もだ。覚えておけ」

政蔵とはそれで別れたが、十日後の夜の寄り合いに茂兵衛は出なかった。

要求どおり五百両の金を渡しても、それで済むとは思えなかった。あの政蔵のことだ。金がなくなれば、更に脅迫してくるのは目に見えていた。

茂兵衛は幸いにして、政蔵に店の名前も場所も告げていない事に気がついた。

そこで茂兵衛は、早速寮に引っ越して、今日に至っているという。

砂糖屋の伊勢屋は、ちょうど同じ日に砂糖組合の寄り合いが料亭清瀬であって、それで間違って殺されたに違いないと茂兵衛は言った。

「そうか……やはりな。砂糖屋の伊勢屋長吉は、お前と間違われて殺されたのか」

「はい。その間違いも、政蔵はもう気づいているでしょう。だから女を使って私の昔の名を確かめさせたのだと存じます」

「分かった。しかしそういうことだと油断はできぬな。お前もそうだが、家の方も十分に気をつけた方がいい。かといって仔細は家族には告げられぬか……」

「塙様、私はもう結構な老いぼれです。命をとられてもよろしゅうございますが、女房や倅に何の罪があるわけじゃなし。まして縁談の決まった黒木屋に昔のことが知れたりすれば、それはもう、縁談どころか、伊勢屋は潰れます……どうしたらよろしいでしょうか」

「ふむ……」

ある程度、茂兵衛と政蔵の間に何かあるのではないかと思っていたが、昔一緒に盗みを働いたことがあり、今度の一連の事件はそのために起こっているのだと告白されても、事が事だけに、すぐに良い案が浮かぶ訳がない。

事態によっては松波に力を借りることも考えていたが、たとえ返金したとはいえ、茂兵衛の過去を考えると、それもできなくなったという訳だ。

一番の解決策は、政蔵にしかるべき金を渡して、この江戸から消えてもらうことだ。二度と茂兵衛親子の前に顔を出させないことだ。

仮に政蔵が長吉殺しで捕まれば、政蔵は今度はきっと、二十五年前の盗みを白状し、茂兵衛を道連れにするに違いない。

――はて……。

十四郎は腕を組んで、ちりちりと燃える蠟燭の火を見詰めていた。

五

「おるいさん？　おるいさんの家はこの並びの一番奥だけど、まだ帰ってないんじゃないの」

十四郎が、高砂橋《たかさご》の西詰にある高砂町《たかさごちょう》の裏長屋に入った時、十四郎の後を追っかけるようにして帰ってきた女が、顎で長屋の奥を指して言った。

女は真っ黒に日焼けしていて、腕も腰もがっちりと太っていた。

その肩にもっこを担《かつ》いで帰ってきたところを見ると、どこかの普請《ふしん》仕事にでも通っているようである。

「いつ来ればいるのだ、おるいは」

十四郎は、陽の陰りが足元に長い影を作っているのを見て言った。

「さあ、早い時もあるし、夜遅く帰ってくる時もあるようだから」

女は我が家の戸を開けて、もっこを土間にほうり投げると、入り口に置いてあった盥《たらい》を持って、奥の井戸端に移動した。

十四郎も女と一緒に、溝板《どぶいた》を踏みながら、井戸端に移動した。

「おるいは何をしているのだ……どこに勤めている」

十四郎は、太い足をむき出しにして、足と手を洗う女に聞いた。女はせわしなく顔を洗い始めていたが、いっこうに十四郎が去らないのを見て、水浸しの顔を片方だけちらりと向けて、面倒臭そうに言った。

「何をやっているのか……どこかの仲居をやってるなんて言っていたけど、男なしでは生きていけない人だからね。待ってれば、そのうち帰って来るよ」

「そうか……政蔵という男が訪ねてこなかったか」

「政蔵……」

女は、洗い終えた顔を、腰の手ぬぐいを引き抜いて拭きながら、

「知らないねえ。男もとっかえひっかえだから」

「ふむ……政蔵というのは、目の縁に痣がある」

「痣……」

女は、あっという顔をすると、

「人相のよくない、怖い人だね……何度か見たことあるけど、このところ来てないようだよ」

「そうか……」

思案していると、

「旦那、旦那はおるいさんのこれかい」

と小指を立てるが、

「いや、違うね。悪いことは言わないからさ。あんな人相手にするのは止めた方がいいんじゃないの」

女は眉をひそめると、盥を持って、また溝板を踏み鳴らし、自分の家の中に消えた。

同時に女の怒鳴る声が聞こえてきた。

「あんた、いたのかい。まったく、今日も仕事を休んだんだね……酒ばっかり食らってんじゃないよ！」

どうやら亭主を叱っているようだった。

十四郎は苦笑して、井戸端にあった桶を摑むと、それをおるいの家の前に伏せ、腰をどかりと据えた。

——帰ってくるのを待つしかあるまい。

明日まで延ばせないと思っていた。

昨日、十四郎は茂兵衛から、けっして人には知られたくない暗く重たい過去を聞いた。

それで、茂兵衛の奇行の訳を知ったのだが、茂兵衛の奇行を奇行として、ただの老人のわがままだったと片付けるには、政蔵に主導権を握られる前に、こちらから打って出るしか方法がないと思った。

お登勢と金五には事情を明かし、藤七の差配で店の若い衆に、向島の茂兵衛の寮と大伝馬町の伊勢屋の店を、四六時中張り込ませることにした。

そうしておいて、松波からこの春ご赦免船で帰ってきた者たちの名を聞き出した。

その者たちと政蔵と、なんらかの繋《つな》がりがあると考えたからだった。

はたして、賭博の罪で島流しになっていた粂吉《くめきち》という男の居場所をつき止めたが、粂吉は『待邁寺《まつまいでら》』という寺の片隅にある小屋で、長年の島暮らしが体に堪えたのか、病に臥せっていた。

十四郎はその粂吉から、政蔵は昔の女のところに転がり込んでいるのではないかと聞いたのである。

政蔵の昔の女……それがおるいという女だった。

政蔵はおるいに裏切られ、そのために殺しまで犯して島に送られていたのだが、二十五年経ってもおるいのことが忘れられず、ご赦免船の中でもしきりにおるいの話をしていたという。

また粂吉は、船の上で政蔵から、儲け話があるから乗らないかと誘われていたらしい。

だが粂吉は断った。

まもなく六十の老いの坂、粂吉の身柄を引き受けてくれた和尚の心に応えるためにも、最後はまっとうに生きて死にたいと思ったからだ。

粂吉は島流しになった時、女房子供とは縁が切れていた。

せっかく江戸に戻れても、孤独を託《かこ》つ生活になるのではと不安に思っていたところ、思いがけなく幼馴染みの寺の和尚が、粂吉を引き取ると言ってくれたのである。

この年になって初めて知った人の情け、幸せとは何かということを、俺は今しみじみと嚙み締めている。だから危ない話には乗りたくなかったのだと粂吉は言った。

ただ自分は運が良かったが、一緒に江戸の土を踏んだ同じ賭博の罪で島に流されていた伊八《いはち》という男と、女を岡場所に売って遠島となった浪人恒川鉄次郎《つねかわてつじろう》は、政蔵の誘いにのったかもしれないと粂吉は言う。

二人とも島流しになって十年ほどでご赦免になっており、まだ年若く、世の中を恨む気持ちも心底に燻《くすぶ》っていた。なにより、引き取り手のない島帰りは、職にありつくことさえ容易ではない世の中だ。

二人が、再び犯罪に手を染めるのも時間の問題、政蔵に誘われれば結局話に乗るに違いないと粂吉は付け加えた。

そんな輩に徒党を組まれて襲われたなら、茂兵衛はひとたまりもあるまい……と十四郎は思った。

だがこの時粂吉は、政蔵が女の居場所をさんざん皆に語り聞かせていた事を思い出し、この長屋を教えてくれたのであった。

裏長屋の夕暮れは慌ただしい。

働きに出ていた者たちが帰ってくると、どこかで遊んでいた子供たちが戻ってきて、路地は一気に賑やかになった。

母親たちが急いで飯の支度をし、味噌汁の匂いや魚の焼け焦げた匂いが狭い路地に立ち込めると、どの家にも行灯に火が入り、やがて膳を囲んだところで、再び一帯は静かになった。

この江戸の、町人地のいたるところで見られる、ささやかだが活気に満ちた光景を、十四郎はおるいの家の前で桶に腰掛けてじっと見ていた。

それにひきかえ、ひっそりとしているおるいの家が、そういった営みから、ぽつんと外れているように見えた。

やがて、薄闇の中を女が遠慮がちに溝板を踏んで帰ってきた。

紅絹《もみ》裏の裾が、長屋の灯の色を受けて、なまめかしく翻るのが見えた。

だがその女は、近付くにつれ五十がらみだと分かった。

「何か用かい」

女は十四郎の前に立ち止まって聞いた。女の口元には大きなほくろが、小豆《あずき》をくっつけたようにあった。

――そうか、この女が、おくらに茂兵衛の昔の名前を尋ねた女だったのか……。

十四郎は、桶から腰を上げながら、

「おるいさんだな」

と、聞いた。

「そうだよ。誰だい、あんた」

「ちょっと聞きたい事があってきたんだ」

おるいは、さっと顔色を変え、踵《きびす》を返した。

素早く、おるいの腕をむんずと摑んだ十四郎は、

「ここではなんだ。中に入るぞ」

戸を開けて、おるいを中に突き入れた。

「何するんだい」

おるいは、十四郎に摑まれた腕を撫でながら、きっと睨んだ。

「政蔵はどこにいる」

「政蔵……知るもんかい」

「島から帰ってきて、ここに来ていたのは分かっているのだ」

「知らないよ。二十五年前に縁は切れてるんだから」

「嘘をつけ。お前が政蔵の使いで、大伝馬町呉服店の通りを調べまわっていたのは知れている」

「………」

「おるい、政蔵は人ひとり殺しているのだ。政蔵に荷担すると、今度はお前まで罪人になるぞ。そうなれば親兄弟がどれほど嘆くか」

「おあいにく様。親も兄弟もいないよ、あたしには」

「……」

「そんな人間がいたら、あたしは、あんな男とかかわりあいになるもんか。悪さをする嫌な奴だけどさ、政さんは……身よりのないあたしでもまともに向き合ってくれたんだ。政さんだけだよ、あたしに親身になってくれたのは……。ようやく分かったんだ、あたしには……お武家さんのような人には分からないかもしれないけど、あたしには、政さんが、悪人であろうと島帰りであろうと関係ないね。だけどね、言っとくけど、政さんの居場所なんて知らないよ。本当なんだから」

おるいは上がり框に腰を下ろして、ふんっと、あさっての方を向いた。梃《てこ》でも動かぬ、答えぬといった態度だった。

——一筋縄ではいかぬな、これは。

十四郎は腹を決めた。

それにしても暗い。十四郎は辺りを見回して、

「えへん」

それとなく咳払いをした。

すると、さすがのおるいも腰を上げ、上にあがると十四郎に横顔を見せて、行灯に火を入れた。そしてそこにそのまま座った。

白い顔が行灯の灯の光に浮かび上がった。おびただしい皺が、顔にも膝の上に置いた手の甲にも見えた。

奥の部屋には枕屏風に、派手な襦袢《じゅばん》が脱ぎ捨てたようにひっ掛けられていて、その側の鏡台の周りには、紅やら白粉やらが散らかっていた。

よく見ると、おるいは髪も染めているらしく、ところどころ剝《は》がれ落ちて、そこだけ白髪が目立って見えた。

どうやらずっと、所帯も持たず一人で暮らしてきたようだ。

年甲斐もなく着る物や持つ物が派手派手しいのが、かえっておるいの孤独を証明していて哀れだった。

じろじろ十四郎が見渡していると、おるいは十四郎の詮索《せんさく》がましい視線から逃れるように腰を上げ、台所に立っていった。

その時だった。

「十四郎様……」

藤七の声がした。

「ここだ」

十四郎が声を上げると、戸を開けて、顔を覗かせた藤七が手で招く。

「なんだ」

戸口に歩み寄ると、藤七は十四郎の耳に小声で言った。

「おくらさんが、いなくなりました」

「何、見張っていたのではなかったのか」

十四郎は、台所にいるおるいの背に、ちらりと視線を走らせて聞いた。

「それが、すぐそこまで出かけてくる。近所だからと言うんで、若い者も油断していたんですが、その隙を狙われました。慌てて捜しておりましたら、店先にこれが落ちていたのです」

藤七は、紙片を出した。

十四郎が慌てて読む。

文面には、『おくらは預かる。返してほしかったら五百両用意しろ。用意ができたら店の前に白布を上げろ。町方に知らせればおくらの命はないと思え。受け渡しの日は追って連絡する。その時、金は茂助に持たせろ』などと書いてあった。

「政蔵ですよ。政蔵におくらさんは攫われたに違いありません」

「しかし、この文面だと茂兵衛の居場所をまだ知らぬな、政蔵は……手段に困っておくらをかどわかしたのだ」

「私の不注意でした」

「分かった。お前はすぐに伊勢屋に戻れ。それから、金五に連絡をとって、待機しているように伝えてくれぬか」

「承知しました」

「初太郎は父親の昔は知らぬ。なんとかうまくごまかして説明し、けっして動揺せぬようにと……」

「承知しております。それではこれで……」

藤七が長屋の路地を去るのを見送って、十四郎は戸を閉めて、おるいを呼んだ。

「すまんが、こちらに来て、俺の話を聞いてくれぬか」

おるいは返事はしなかったが、傍に来て座った。

十四郎は身分を明かし、伊勢屋のおくらが、茂兵衛を一人で伊勢松坂に帰そうとしているという健気《けなげ》な話をして聞かせた。

そしてその背景には火事場泥棒の一件があったこと、だがその金はその後茂兵衛が黒木屋に返金したこと、しかし、政蔵はそれを承知できずに茂兵衛を脅迫していること、などを詳しく話した。

「しかも今、政蔵がおくらをかどわかしたと連絡が入ったのだ」

「まさか……」

驚いて顔を上げたおるいに、十四郎は頷いた。

「……」

「おるい、政蔵の居場所を教えてくれぬか。おくらも昔は、お前と同じ境遇の女だった。若い頃船宿に勤めていたんだが、天涯孤独の身の上でな。伊勢屋には拾われたのだと言い、感謝していた。今は息子がいるが、店が潰れたらまた一人暮らしになるんだぞ。おくらは、再び寂しい身の上になる。誰に分からずとも、似たような境遇のお前ならおくらの気持ちは分かるだろう。それに、お前が政蔵のことを本当に思いやっているというのなら、これ以上罪を犯させないことがお前の役目、そうは思わぬか」

おるいは頭を垂れて聞いていたが、

「旦那……旦那は、政さんを奉行所に売るつもりなんだろ」

と、顔を上げた。

「いや」

「約束してくれますか」

「政蔵次第だ。こちらの言い分を聞いてくれれば、俺から奉行所に売ることはせぬ」

おるいはまだ考えているようだった。だが、再び顔を上げると、こくりと頷いた。

「十四郎、どこだ」

金五の声がした。

声がしたのは、半月の光を浴びて、腰高に伸びた茅《かや》の葉が、ゆらゆらとなびく一角だった。

神田川にかかる新《あたら》シ橋《ばし》の北詰の河岸を下りた草地に、打ち捨てられた地蔵堂が立っている。そこに十四郎が潜んで一刻《いっとき》（二時間）あまり、援護を頼んだ金五が来た。

「ここだ」

十四郎が、低い声で応じると、茅の中から金五がぬっと黒い姿を現した。

金五は茅の波を分け、静かに十四郎の傍に来て、腰を落とした。

「奴らは、いるのか」

金五は、ほのかな灯の漏れる、破れた地蔵堂を見て言った。

地蔵堂は、そこだけ、何かの魔物に魅入られているような、不気味な静けさに包まれていた。

「政蔵と思われる男と、浪人一人。先程もう一人、これは伊八という男だと思うが、外から食い物を持って帰ってきた。おくらの姿は見ていないが、きっと中にいる筈だ」

「よし」

金五が鯉口を切り、柄頭《つかがしら》を押し上げた。

「金五、おまえはおくらを頼む。後は俺が片付ける」

「分かった。橋の袂には藤七たちも待機しておる」

「よし。いくぞ」

二人は、頷き合って、するすると地蔵堂に向かって走った。

僅かに立つ足音も、風になびく茅の音が掻き消した。

二人は一気に堂の前まで走りより、二手に分かれて堂の両脇に忍び込んで、立った。

十四郎が石を拾って、入り口の蔀戸《しとみ》に投げた。

「誰だ」

中から声がして、浪人が戸を開けて、のっそりと現れた。

髪は総髪《そうはつ》、痩せた体によれよれの袴を着た浪人だった。

粂吉から聞いた恒川鉄次郎に違いなかった。

浪人は、ゆっくりと草地に下りた。そして辺りに目を凝《こ》らし、息を殺して見渡していたが、堂の横から現れた十四郎に、ぴたりと目を止めると、刀を抜いた。

「ふん」

浪人の顔に冷ややかな笑みが走った。

同時に、十四郎めがけて殺到して来た。

十四郎が刀を抜き、迎え撃つのと同時に、黒い影が十四郎の面前に飛び込んで来た。

十四郎が上段から落ちてきた刀を払い、返した刀で、浪人の胴を薙《な》いだが、すでに浪人は地蔵堂の濡れ縁に飛び上がって、

「曲者《くせもの》だ」

中にいる仲間に怒鳴った。

中から匕首を握った町人二人が飛び出して来た。

「おくらを奪い返しに来たんだな」

町人の一人が言った。

「おまえが、政蔵か」

十四郎が聞いた。

「そうだ。伊勢屋の使いか」

「うむ。政蔵、俺の懐には百両ある。これを持って江戸を去れ」

「ふん。それっぽっちでばばァは返さん」

「俺はおるいと約束してきた。おまえを長吉殺しで奉行所には突き出さぬとな。

ただし、こちらの条件も呑んでもらう」

「嫌だと言ったらどうするね」

政蔵は、肩を揺すってへらへらと笑った。

「その時は、斬る」

十四郎が言うと同時に、三人は素早く散って、十四郎に刃を向けた。

十四郎の左手に政蔵が、目の前には浪人が、右手に伊八が陣取った。

「殺せ」

政蔵の声が飛ぶ。

すると、右手から、猫のように背を丸めて、伊八が飛び込んで来た。十四郎がそれを躱《かわ》すと同時に、今度は目の前の浪人の刀が伸びてきた。

素早くその剣先を躱した十四郎は、反転して再び突っ込んで来た伊八を斬った。

「恒川さん。殺せ、殺すんだ」

政蔵が叫ぶ。

すっくと体勢を一度整えた浪人が、再び十四郎に飛び掛かってきた。

空を斬る凄まじい一撃が、十四郎の頭上に下りた。

——今だ。

十四郎は、浪人の懐に飛び込んで、その一撃を撥ね上げると、飛び下りてきた浪人と交差するように飛び上がって、着地した浪人の左肩にすかさず一刀を振り下ろした。

浪人は、肩を押さえて、そのままそこに蹲《うずくま》り、どたりと前のめりに崩れて落ちた。

その時だった。

堂の前で金五が叫んだ。

「十四郎、おくらは助けた」

「てめえ……」

政蔵がそれを聞き、怒りに任せて、十四郎めがけて突っ込んできた。

十四郎は素早く躱《かわ》し、政蔵の手を摑み上げると、その手に匕首を持たせたまま手首をねじ返し、一気に政蔵の腹に突き立てた。

「ぐうっ……」

政蔵が、吐き出すような声を上げ、十四郎の胸にくずおれてきた。

十四郎は、政蔵の体を抱きとめると、突き刺さっていた匕首を更に深く差し込んで、政蔵の息の根を止めた。

政蔵は、十四郎の腕からこぼれ落ちるように、ずるずると足元に落ちた。

佇立《ちょりつ》して政蔵の遺骸を見下ろす十四郎の耳に、川風になびく茅の葉の音が、さらさらと聞こえてきた。

「へっへっへ、ご免下さいませ。十四郎様」

事件も解決した昼下がり、お登勢と一緒に、慶光寺の門前にかかる石橋を渡ろうとした時だった。大家の八兵衛が橘屋を訪ねてきた。

「八兵衛、どうしたのだ。こんなところまで、何の用だ」

「何の用はございませんでしょう十四郎様。この通り、柳庵先生のおかげで元気になりまして、それで、十四郎様とお登勢様にお礼を申し上げたくて、参ったのでございます」

「そうか、元気になったのか」

「はい。嘘のように……」

「それは良かった。俺も気になってはいたが、柳庵殿に任せれば安心ときめこんで、その後、忙しさにかまけて覗きもしないで悪かった」

「いえいえ、たいした病気ではございませんでした。お見舞いなんて結構でございます」

「して、病名は、どこが悪かったんだ」

「それが……あの、お登勢様の前でなんですが、詰まっていたのでございます」

「詰まっていた」

「だから、便が、滞って……」

「何、糞詰まりだったというのか」

十四郎は、声をたてて笑った。

お登勢も、袖で顔を隠して、笑い転げる。

「だから、病名を言うのは嫌だったのでございます」

八兵衛は、口をとがらせた。

「まあ、いいじゃないか。だから俺が言ったろう。おまえは今にも死ぬような事を言っていたが、大丈夫だって」

「それに、女房から見舞いの手紙が参りまして」

「ほう、良かったじゃないか」

「まあ、忘れてはいなかったという事でしょう」

「八兵衛さん。私たちはすぐに引き上げて参りますから、よろしければ橘屋でお待ち下さいませ」

お登勢が言った。

「ありがとうございます。ちょっと立ち寄らせていただいただけですから、私はこれで……。柳庵先生にも、お登勢様からよろしくお伝え下さいませ」

「承知致しました」

お登勢が腰を折ると、八兵衛はいそいそと引き上げて行った。その後ろ姿に、いつになく気取った様子が見えて、十四郎は吹き出した。

「何をしている」

門前で、金五が手招いていた。

急いで石橋を渡ると、

「実はな、万寿院様が鏡池で、仲間の旅立ちに取り残された夫婦鴨が住んでいるのを見つけられてな。ぜひにもおまえたちに案内して見せてやってくれと頼まれたのだ」

「まあ、どこでしょう。近藤様、早く、ご案内下さいませ」

お登勢は少女のように目を丸くした。

三人は寺務所の右側にのびる玉砂利を踏んで、鏡池を望む木立《こだち》の前に、そっと入った。

「あれだ」

金五が、指で一方を指し、もう一度小声で言った。

「あの二羽だ」

鏡池の岸辺から垂れた長い草の葉の間から、二羽の鴨がすいすいと泳ぎ出てきた。

「ほんと、可愛い……」

お登勢は両手を胸の前で合わせて言った。

「通《とお》し鴨《がも》というらしい」

「通し鴨」

「取り残されて、次の冬まで同じ地に留《とど》まっている鴨のことだ」

金五が物知り顔で言った。

「ほう……通し鴨か」

「万寿院様の受け売りだ」

金五は苦笑する。

「通し鴨……」

十四郎の脳裏に、ふと茂兵衛夫婦の姿が過った。

事件が解決して、茂兵衛はすっかりもとの茂兵衛に戻っていた。

初太郎の祝言を済ませた後は、隠居しておくらと向島の寮でひっそりと暮らすと言っていた。

傍に寄り添ってほほ笑んで聞いていたおくらと、おくらを優しい目で見返していた茂兵衛の顔を思い出す。

伊勢松坂に帰るなどということはすっかり忘れ、この江戸で老後も一緒に暮らすという茂兵衛夫婦のほほ笑ましい姿が、そのまま、目の先で寄り添う二羽の鴨に重なった。

「どうやら雌《めす》の方が怪我をしていたらしいんだ。だから雄《おす》もそれを案じて飛び立たなかった」

「慶光寺に通し鴨だなんて……」

お登勢は、涙ぐんでいた。

「十四郎。それはそうと、松波さんが奴らの遺体を始末してくれたらしいんだ。で、その決着だが、島帰りの仲間割れだと言っていた。苦笑していたが、そういう事だ」

「そうか……松波さんは苦笑していたか」

「それから、おるいという女、伊勢屋茂兵衛の力添えで、小体《こてい》な店を開くというぞ」

金五が言った時、鴨の飛び立つ羽音が聞こえた。

「ああ……」

お登勢が小さな悲鳴を上げた。

「やや、逃げたか」

「近藤様」

お登勢が睨む。

「案ずるな。ずっとこの池にいる。来年まで、ずっといるのだ」

そう言った金五の声音《こわね》が、いつになく優しかった。

第三話　狐火《きつねび》

一

『狐火』は、狐が灯すと信じられていた怪火である。

『本朝食鑑《ほんちょうしょくかん》』にも、狐は尾で地を叩いて狐火を出すと書かれている。

昨年から頻繁に起こっている江戸府内の火事の多くが、その狐火の仕業《しわざ》だと言われていた。十四郎が立ち寄った縄暖簾でも喧々囂々《けんけんごうごう》と客が騒いでおり、それを見た十四郎は早々に引き上げて長屋に戻り、酒屋で買い込んできた酒を呷《あお》っていた。

——何が狐だ……。

ぶつぶつ言いながら、したたかに飲んだ。

だから、睡魔に襲われたのは酒の力だった。

心地好く意識が遠のくのに身を任せながら、深い眠りに入った時、どこかから、半鐘の音が聞こえてきた。

――これは、夢だ。

夢の中の自分が夢だと言っていた。

その時である。

頭上に、突然鍋釜を叩くものすごい音が落ちてきた。

「旦那、火事だよ。旦那、火事だー」

「うるさいぞ」

十四郎が飛び起きると、鋳掛《いか》け屋の亭主が提灯《ちょうちん》を下げ、おとくが鍋と擂《す》り粉《こ》木《ぎ》を持って、見下ろしている。

「何がうるさいだね。旦那、火事だよ、火事」

「火事……火元は」

「富沢町《とみざわちょう》の方じゃないかって」

亭主が提灯で、一方を指した。

「富沢町……」

「ともかく、起こしたよ。いいね。ここに火がまわってきて焼け死んでも、恨みっこなしだからね」

おとくはそう言うと、

「あんた、早く」

また鍋を叩いて、亭主を従えて走り出た。

長屋の路地では、家々から飛び出してきた住人たちが、火の手はあっちだこっちだと大騒ぎして、それにおとくの、ああだこうだという声が鳴り響いて混乱しているようだった。

「みんな、慌てないで……火の手を見てから避難しますから、慌てないで」

大家の八兵衛の声らしい。

十四郎は、それらの騒ぎに急《せ》かされるように、急いで障子を開けて月の光を誘い込み、父母の位牌を懐につっこんだ。

——はて、それから……。

と見渡すが、寝惚け眼《まなこ》で、他に持ち出す品も思いつかない。

目にとまった瓢《ひさご》を抱えたものの、待てよ、こんな時に瓢もないもんだと、またそこに置き、何か持ち出さなくてはと思案していると、

「十四郎様……」

八兵衛が、提灯を持って入ってきた。

「おお、八兵衛」

「見たところ、黒い煙は上がっていますが、ここまで火の手がまわってくるのかどうか、思案しております。申し訳ありませんが、ひとっ走りして様子を見てきていただけませんでしょうか。それまで、長屋の者たちには、万端用意をさせまして待機させておきます」

「承知した」

十四郎は、懐の位牌を八兵衛に預けると、走り出た。

横山町《よこやまちょう》から通塩町《とおりしおちょう》、そこから川筋を伝って南に折れ、富沢町に入ると、栄《さかえ》橋から西に入った一角に、黒い煙が上がっていた。

だが既に町火消一番組『は組』が火の手を食い止めたらしく、纏《まとい》持ちが火煙の燻る家の前で、煤《すす》けた黒い顔で仁王のようにかっと目を見開いて立っていた。

ほっとして引き返そうとした十四郎の視線の向こうに、焼け落ちた家の横手から、睨み合ったまま、それぞれ四、五人の部下を従え、走り出てきた者たちがいる。

いずれも火事場装束の集団だった。

――やや。

一方の集団は、これは町奉行所配下、町火消人足改《にんそくあらため》の与力と同心。与力は『北』と入った火事場兜頭巾に火事羽織野袴《のばかま》姿で、黒の刺子《さしこ》の猫頭巾に火事場上下を着込んだ手下の同心を従えている。

もう一方の集団は、これも火事場装束だが、兜や火事羽織に『右二つ巴』の家紋が入っているところを見ると、こちらは昨秋、火付盗賊改《ひつけとうぞくあらため》のお役を拝命した、石川将監《いしかわしょうげん》その人と配下の者たちと思われた。

将監の供には、将監の馬の口取り小者が一人、馬とともに控えていた。

「町方風情が殿のお馬先で目障りだ。ここは我らが調べる。引き上げられよ」

将監の家来が言い放った。

「これは異《い》なことを申される。われらは町火消を差配《さはい》し、火を消し、もろもろの諍《いさか》い事のないように万事手をつくすためにお奉行から遣わされたもの。そちら様のお指図には従いかねまする」

町方与力が毅然と言った。

「何、貴様、わが殿の御心に逆らうおつもりか」

「わが上役は、そちら様ではございません。北町のお奉行でござる」

「ふん。ならば申すが、この度の付火、誰の仕業か見当はついておるか」

「はて、火事は今おさまったばかり、調べはこれからでござります。調べもしないうちに付火と決められるその根拠はなんでしょう……まことに、不可解なお尋ねでございますな」

「こわっぱめ。付火に決まっておるわ」

　覆面の下から、割れ声で怒鳴ったのは将監だった。

「いいえ、付火か失火か、調べはこれからの話でございます。ともかく、ここは町方にお任せいただきましょう。お引き取り下さい」

「聞けぬな。それ」

　将監が言った途端、配下の者が刀を抜いた。

　わらわらと寄ってきていた住民たちから悲鳴があがった。

「た、たいへんだ。喧嘩だ。斬り合いになるぞ」

　同心たちも、揃って鯉口を切った。

　だが、与力は、その手を遮り、

「やめろ」

同心たちを制するが、その時、斬り込んできた将監の配下の剣が与力の肩を斬った。

「うっ」

与力は肩を押さえて、蹲った。肩から血がしたたるのがはっきりと見えた。

「佐久間《さくま》様」

同心たちが与力に駆け寄り、きっと火付盗賊改を睨む。

ふん……笑い合って、再び襲撃の構えを見せる将監の配下たち、その一人が地を蹴った。

「待て」

それまで成り行きを見ていた十四郎は飛び込むやいなや、町方に向かって撃ち込んできた剣を撥ねた。

「何奴《なにやつ》」

将監の配下が叫ぶ。

「見ての通りの素浪人。このような事態に喧嘩もなかろう。まして一方的に刀を抜いて町方の皆さんに斬りつけるとは、野次馬たちも、ほら、見ているぞ。火付盗賊改役の名が泣くのではないかな」

十四郎は、町方たちを庇《かば》って立ち、ずいと出て、将監を睨《ね》めつけた。

将監の目に一瞬、動揺が走るのが見えた。

次の瞬間、将監は馬に飛び乗ると、

「引き上げろ」

配下の者たちを引き連れて引き上げた。

「鬼……」

「二度と、来るな」

野次馬たちから、引き上げる将監たちに怒声が飛んだ。

「かたじけない。私たちは北町の者、お手前のお名前は」

同心が十四郎に聞いた。

「私は塙十四郎、深川の橘屋の雇われ人です」

「橘屋……ああ、寺宿の……おかげで大事にならなくてすみました」

「礼など無用だ。それより傷の手当てが先決だ。すぐに医者に診せるがいい」

十四郎が、同心たちに柳庵の開業場所を教え、そこならどんなに夜遅くても診てもらえる筈だと言うと、同心たちは戸板に佐久間という上役を乗せ、月あかりの中に慌てて消えた。

——さて。

急いで長屋に立ち戻ると、どうやら火事が治まったのは知れたのか、あれほど騒いでいた住人たちも、それぞれ家に入ってしまった後だった。

しかし、興奮や恐怖は治まったばかりとみえて、まだ眠れないのか、どの家からも灯の明かりが障子を仄《ほの》かに染めていた。

「十四郎様」

八兵衛が顔を出した。

「すまん。ちょっと争いごとがあってな。遅くなった」

「なんの。あなた様が行かれてすぐに、摺《すり》師の朝吉《あさきち》さんが帰って参りまして。どうやらあの近くで飲んだくれて寝込んでいたらしく、それでこちらは大事ないと分かったのでございます。ご苦労様でございました」

八兵衛は預かっていた位牌を、拝むようにした後、十四郎に手渡した。

「うむ」

少々拍子抜けした面持ちで位牌を受け取ると、

——まったく、おとくの奴め。騒ぎ過ぎだぞ。

すっかり覚めた酔いを恨むように、わが家に入って、行灯に火を入れた。

「うわっ」

十四郎は思わず声を上げて、目を瞠《みは》った。

行灯の灯の中に、見知らぬ女が浮かび上がった。

「誰だ」

「おふじといいます。どうか、なんにも言わず、ここに暫く匿《かくま》って下さいませ」

女は手をついた。

見たところ三十そこそこ、目鼻立ちに華のある艶やかな女であった。

「ここにと言ったたって、俺一人の住まい、無理を言うな」

「私、命を狙われているのです」

「命を狙われている?……誰に」

「……」

「何のために狙われているのだ」

「申し訳ありません。今はお話しできません」

「冗談じゃない。訳の分からぬ話であんたを匿ったりしたら、俺がこの長屋を追い出される」

「旦那は、駆け込み寺の寺宿にお勤めでございましょう」

「そうだが、誰から聞いた」

「人伝てです」

「駆け込みならここではない。慶光寺だ」

「いえ……この家にどうかしばらく匿って下さいませ。お願いです」

「駄目だ駄目だ。帰ってもらおう」

「夜道を一人で帰れとおっしゃるのですか……それに、私にはもう帰るうちなどありません」

おふじという女は、そこまで言って泣き出した。

「分かった。分かったから、泣くな」

十四郎は表を気にして、小声で言った。

両隣、ましてや、斜め向かいのおとくに知れたら、何を言われるか分かったものじゃない。

ここはおさめて、明日早朝、まだ誰も井戸端に出てこぬうちに、帰ってもらおう、そう思った。

すると、おふじは、妖艶な顔を上げて、

「ありがとうございます」

と、深々と手をついた。

その時、ちらりと襟元から白い肌が見えた。

肌はかなり奥の方まで垣間見えた。

――あれは、乳房の盛り上がりか……。

そう思った途端、頭がかっと熱くなった。

――いかん。

十四郎は、頭を掻くと、瓢を肩にひっ掛けて、草履を履いた。

「あの、どちらへ」

「俺は大家の家で泊めてもらう」

「やめて下さい。あたし、こちらの板間で結構です」

「そうもいかんだろう。第一、俺はおまえの何も知らぬ。見知らぬ男女が同じ屋根の下にいるのは、おかしい」

「でも、それではあたしが困ります」

――何を言っているのだ、この女は。火事騒動をいい事に、人の目を盗み、あつかましく家の中に押しかけてきて……俺の方がよほど困る。

きっと睨むと、また泣きそうな顔をする。

「分かった。俺は酒を飲んでこの板間で寝る。で、あんたは奥で休みなさい。嫌ならば、起きていればいい」

十四郎はそう言うと、茶碗を持ってきて、瓢の酒をたっぷりと注いだ。

――これは夢だと思いたい。

いや、夢でなくても、明日になった時、目の前の女はいずこかへ消えてしまっていてほしいものだと、ぐいとその酒を一気に呷った。

「とんでもない話でございますよ、十四郎様。この八兵衛が差配するお店には、素性の知れない者は一人も住んではおりませんよ」

翌朝、大家の八兵衛に、しばらく自分の住まいにおふじという女を住まわせると伝えに行くと、にべもない返事が返ってきた。

「そうかたい事を申すな。俺も困って相談しているのだ」

昨夜の火事のどさくさの折、自分の家に見知らぬ女が入り込んでいて、その女はおふじというが、どうやら命を狙われているらしい。

それで忍び込んできたらしいが、行く当てもない。しばらく匿ってほしいと女は言って聞かぬ。

今朝も出ていくように言ってみたが、この長屋を出れば、見つかって殺されると言うばかりだ。

仕方なく、自分は今日からしばらく橘屋で寝起きする。一日一度は様子を見に帰ってくるから、よろしく頼むと事を分けて説明するが、八兵衛は逆に不審な色を顔に浮かべて、

「なんだかんだと申されておりますが、本当に知らない人なんですか。酔っぱらったついでにあなた様が連れ帰った女子《おなご》ではございませんか……で、いい思いをしたあとで、このまま居座られたらまずいとか、そういうことではございませんか」

「馬鹿なことを申すな。昨夜、おまえも家の中を見たではないか。俺はそれに火事場に走っている。女を連れ込むなどという事ができる訳がない」

「さあ、それはどうでしょうか。いずれに致しましても、無理ですね。命を狙われているお人なんて、恐ろしくて」

八兵衛は、よいしょ、と腰を上げた。

「私は、これから番屋です。そうだ、お役人に届けましょう」

「待て、冷たいぞ八兵衛。例えば捨て子が迷い込んできた時には、これは放って

はおけぬだろう。大家が面倒を見る、そうだろ」

「おふじさんという女子は捨て子ですか」

「同じようなものではないか。行く当てがないのだ」

「十四郎様」

「頼む。長屋の外に女がいる事が漏れさえしなければ、命を狙っているという輩もこの長屋に入ってはくるまい。俺もできるだけ早く、出て行ってもらうよう尽力致す」

「では、あなた様が、何かあった時には、責任とってくれますね」

「うむ……とる」

「忘れないで下さいましよ」

八兵衛は念を押すと、渋い顔をして、十四郎の家についてきた。

そこで八兵衛におふじを紹介し、再び十四郎は外に出た。

その時には八兵衛の顔はすっかり緩み、

「では、十四郎様の昔のお知り合いの方……という事に致しましょう」

と言う。

「恩にきる」

ほっとしたのも束の間、おとくに見つかった。

「あら……あらあら」

怪しげな笑いを送って、覗きに来た。

八兵衛が立ちはだかるようにして、おとくにあれこれ嘘八百を並べているその間に、十四郎は心細そうなおふじを置いて裏店を出た。

——やっ。

十四郎は裏店を出てまもなく、一町ほど先の両国橋の西広小路橋袂で立ち止まった。ここは府内の橋袂でも最も賑やかな場所である。

その一角に、異様な人だかりができていた。

——また、火刑の晒《さらし》か……。

十四郎は、引き込まれるように、人垣に寄った。

両国橋は宝暦《ほうれき》九年（一七五九）に改修工事が行われたが、その間は当然橋は使えず、臨時の渡し舟が出た。

その時の記録によれば、明六ツ（午前六時）から暮六ツ（午後六時）の半日の間に、渡しを利用した者は、二万二百五十八人、駕籠百二十八挺、馬二百七十六疋《ぴき》だという。今はその数を遥かに超える人たちが、日々橋を渡り、広小路を通っている。

西詰には、朝のうちには野菜の市がたち、昼頃からは、水茶屋をはじめ、饅《まん》頭《じゅう》屋、寿司屋、天麩羅《てんぷら》屋など、数え切れないほどの種類の店が並ぶ。そして、橋の東詰には、芝居小屋、見せ物小屋、そして西詰と同じような様々な店が軒を連ねており、賑わいもひとしおだった。

この、たいへんな人の往来を利用して、人々の目に留まるように、西詰広小路には高札場《こうさつば》が設けられており、また見せしめのために、刑場に送られる磔《はりつけ》、火《ひ》焙《あぶ》りなどの引き回しの属刑を受けた者たちの罪状を書いた捨札も立てられる。

ただ、付加刑としての晒の刑は、日本橋の高札場の向かいに晒場があり、晒はそこで行っていた。

両国橋に晒が出た時には、それは放火による火罪に限ってという事になっていた。

火刑者たちの晒は、この両国橋の他に、日本橋、四谷《よつや》御門、赤坂《あかさか》御門、筋違《すじかい》御門の五か所で、火刑になる前に一日ずつ晒されるのである。

だから目の前の黒だかりの人垣は、火刑の晒を見る者たちに違いなかった。

果たして、ひょいと覗くと、若い女が後ろ手に縄で縛られ、柱に括りつけられて晒されていた。

女は蒼白の顔でぐったりとして首を折るようにして下を向き、乱れた髪がその頬や肩に落ちて、見るも哀れな姿であった。

その女の首に数珠《じゅず》が掛けられているのが見えた。飯粒を固めて作った数珠の輪だった。

十四郎が聞いた話では、数珠は、牢内の仲間たちが死地に赴《おもむ》く受刑者のために、一粒一粒念をこめて飯を固めて作ったもので、それを受刑者の首に掛けてやり、送り出すのだと聞いている。

目の前で晒されている若い女にも、数珠の輪が一つ掛けられ、それが女を慰めているように見えた。

長らく見詰めているのはいかにも辛く、立ち去ろうとした十四郎の耳に、群衆の怒りの声が聞こえてきた。

「本当は無実だって聞いてるぜ」

「おいらも聞いた。なんでも火付盗賊改がいきなり娘に縄を打って攫っていったようだぜ。あの子のおっかさんは、世を儚《はかな》んで首括って死んだっていうじゃあねえか。あの子はそれも知らねえに違えねえ、可哀相によ」

「まったくだ。神も仏もねえ、この世も終わりだぜ」

「明日はわが身だ。娘さん、成仏しろよ」

群衆たちは、晒の女に手を合わせ、涙をぬぐった。

石川将監が火付盗賊改役になってから、こういった噂は繁《しげ》く、火刑の晒もたびたびであった。

――嫌なものを見てしまった。

十四郎は、重たい気分で、人垣の輪を離れた。

その時であった。

「十四郎様」

米沢町の方から、橘屋の小僧万吉《まんきち》が走って来た。

「万吉」

「今、裏店の十四郎様のところへ行ったんです。そしたら、知らない女の人がいて、お出かけになったって……で、大家の八兵衛さんが橘屋に行った筈だと……。よかった。お登勢様がお呼びです」

と言う。

「そうか、では一緒に参ろう」

万吉と歩き出したものの、万吉におふじの存在が知れたことが、ひどく気に掛かっていた。

二

「何、倅《せがれ》が付火で捕まったとな……」

十四郎は橘屋の帳場の裏で、おふくという女から、倅の忠太《ちゅうた》が今朝付火の罪で捕まったという話を聞かされて驚愕した。

おふくは、十四郎が橘屋に駆けつけるまでに、既にお登勢に相談し、その時堪えきれずに泣いたのか、化粧ははがれ落ち、目は腫《は》れ上がって、見詰めるのも可哀相なほど酷《ひど》い顔になっていた。

「塙様、お登勢様にもお話し致しましたが、うちの忠太は、人様を傷つけることはおろか、虫さえ殺せないような人間です。付火をしたなどと私にはとても信じられません。どうか、お力添えをお願いします」

おふくは、板間に額を擦《こす》りつけた。

傍にはお登勢が、そして藤七も控えて座っている。

「十四郎様、忠太さんは母親思いのとても心の優しい人です。おふくさんにしてみれば、たった一人の可愛い息子。藁《わら》をも摑む思いでこちらに参ったのです」

お登勢が言葉を添えた。

お登勢の話によれば、おふくはすぐ近くの裏店に住まいしていて、橘屋の繁忙期には手伝いに来ている人で、倅の方は富沢町の大工の棟梁《とうりょう》に弟子入りしていて五年になる。今年で二十歳の青年だった。

忠太は、時折おふくの長屋に里帰りしてくるが、その時には、橘屋にも顔を出し、棚をつけたり、戸の修繕をしたりしてくれているのだとお登勢は言った。

――そういえば……。

十四郎は、去年の秋に、橘屋の表玄関の引き戸を直していた若い大工をふっと思い出した。

あの時、ちらっと見ただけだったが、端整な顔立ちの、実直そうな若者だったという記憶がある。

「おふくさんはご亭主を早くに亡くしたものですから、女手一つで忠太さんを育てました。長い間、私も二人の生活を見てきています。忠太さんがいなくなったら、おふくさんは……」

お登勢は言葉をそこで切った。身につまされて、熱いものが込み上げてきたようだった。

「ふむ……」

十四郎は腕を組んだ。

事情は分かるが、軽々には返事はできないと、十四郎はすばやくそんなふうに考えていた。

すると、おふくが、

「倅の忠太は無実に決まってます。どうかお助け下さいませ」

手をついたまま、赤い目で十四郎を仰ぎ見た。

また、涙が溢れ出てきたようで、瞳は涙の膜で膨れ上がって、今にもこぼれ落ちそうである。

「おふく……」

十四郎はいたわるような声を掛けた。

誰の母親であれ、母親の涙を見るのは、十四郎は苦手である。

なぜだかすぐに、亡くなった母の姿が脳裏を掠《かす》めるからである。

目を逸《そ》らした十四郎に、

「十四郎様。わたくしも忠太さんが火を付けるなど、とても考えられません。おふくさんはお役人に知り合いがある訳じゃなく、頼るところはここしかないと言いましてね」

お登勢がまた口を添えた。

「しかし、そうは言っても、困ったな」

その先の言葉に詰まった。

「お願いでございます。せめてお奉行所に無実の訴えをする術《すべ》だけでもお教え下さい。どうぞ、お力添えを……塙様」

「では一つ聞くが、忠太は奉行所の役人に捕まったのか」

「いいえ、火付盗賊改だと聞いています」

「やはりな、火付盗賊改か」

「はい」

「で、いったい、どこに火を付けたというのだ」

「それが、富沢町の普請場に……あらかたでき上がった家に放火したというのです。それも、自分が手掛けた家に火を付けたと」

「あんたは、その話、直接聞いてはいないのか」

「十四郎様。忠太さんは住み込みで棟梁のところにいたんです。おふくさんは、棟梁の使いの者から聞いたんですよ」

「ふむ……妙なことを聞くが、その、忠太に問われている付火だが、ひょっとして昨夜《ゆうべ》の火事か」

「はい」

「そうか……」

十四郎は組んでいた腕を解いた。

昨夜の火事現場で、十四郎は、横柄《おうへい》で乱暴な火付盗賊改方の差配を見ている。

彼らは、町奉行所配下の者たちにまで、平気で斬りつけた。

傍若無人《ぼうじゃくぶじん》、増上慢《ぞうじょうまん》なあの態度は、役人どうしの対立の中身が分からない野次馬でさえ、反発を覚えるほどのものだった。

たった今も、両国橋の西詰で、付火は無実だと群衆が言っていた晒し者を見てきたばかりだが、あの、晒されていた女を捕まえたのも、火付盗賊改方だと言っていた。

――これは、おふくやお登勢の言う通りかもしれぬ。

かすかに、そんな考えが頭を掠める。

だが、いったん捕まえた忠太を、火付盗賊改が間違って捕まえましたと解き放つことは、まずないといっていい。

火付盗賊改方に捕まった者は、役宅になっている石川将監の屋敷内で、白状するまで拷問を受け、役宅の外に出た時には『場所口書』と呼ばれる白状書もでき上がり、もはや火罪は決定しているのであった。

そういうところへ、慶光寺への駆け込み人が絡んでいるならともかく、橘屋のお役目で石川将監の屋敷に少しでも伺いを立てられるものでもない。

十四郎が思案の目をお登勢に向けた時、

「十四郎様、藤七が富沢町で聞いてきた話では、忠太さんは今朝、御馬先召捕《おうまさきめしとり》で捕縛されたようですよ」

と、お登勢は言った。

「何、御馬先召捕……」

念を押した十四郎に、お登勢は思惑ある目で頷いた。

御馬先召捕というのは、石川将監自身が馬に乗って町を見回り、自身番に立ち寄った時、あらかじめ怪しい奴だと捕縛していた者を、巡回してきた石川自身がその場で取り押さえた形にするもので、石川将監が火付盗賊改役になってから、この手の捕縛が特に多いと聞いていた。

火付盗賊改方が下手人を捕まえれば褒美が出る。しかも改役の石川将監が捕まえたとなると、上からの覚えもめでたい。あきらかに、それを狙っているものと思われた。

「しかし、いくらなんでも、忠太が縄を打たれたのは、昨夜の今日という事になるぞ」

「問題はそこなんです。火事が起きた時、既に下手人を内定していた——と私は見ています。そうでなければ、昨夜の今日、付火の犯人を捕まえられる訳がございません」

お登勢は、挑戦的な物言いをした。

とはいえ、本来の橋屋のお役を離れ、公儀を敵に回すような事件にかかわる事は、橋屋の存続を危うくしかねない。

もろもろの危険を思案していた十四郎の胸のうちをお登勢は読んだのか、それでも私は既に腹は決まっています、というような顔をした。

お登勢には固い決意があり、十四郎を促しているようだった。

すると、それを待っていたかのように、

「十四郎様」

横から藤七が声を掛けてきた。

「私は、妙な噂を聞いております。そちらを調べて証拠を摑めば、忠太さんの疑いは晴れ、なんとかなるのではないかと考えています」

――なんとかなる。

十四郎は藤七を見た。

藤七は十四郎の目をしっかりと捉えると、

「過去に、大岡越前守《おおおかえちぜんのかみ》様の事例もございますから」

と言ったのである。

享保《きょうほう》の時代の事である。

時の町奉行大岡越前守は、功名《こうみょう》に走り手柄をたてるために罪なき人を罪人として次々捕縛していた当時の火付盗賊改役の暴挙を暴《あば》き、無実の罪で刑場に送られる寸前に、ある受刑者を助けたことがある。

この時、老中松平左近将監《まつだいらさこんのしょうげん》は、二度とこのような事のないようにと触れを出した。

触れは、重罪の者はむろんのこと、軽罪の者であっても科《とが》なき者が科を行ったとされた時、親類及び身よりの者から、お仕置《しおき》前に遠慮なく再吟味を願い出るようにという内容だった。

その時代から随分経つが、その時に出された触れのことを、藤七は言ったのである。

確かに、時代は違うが、少なくとも町奉行所は、火付盗賊改とは姿勢が違う。あの火事場での、一触即発の場面からも、姿勢の違いははっきりと窺えた。忠太が本当に無実ならば、無実の証拠を摑み、奉行所に訴えれば、なんとかなるかもしれない。

「問題は、確《かく》たる証拠をあげることだが、藤七、妙な噂とは、どんな噂だ」

「狐火の話です」

「狐火……まさか狐が付火をしているとかいう話ではないだろうな」

「そういう話です」

「何……」

「人々の噂では、火事にあった現場では、前夜に狐火を見た者がいるとかいないとか騒いでおります。これは十四郎様もお聞きになっていると存じますが……」

「そうか、その正体を暴けば、忠太の一件も証明できるかもしれぬという事か」

「さようでございます」

「よし、やってみよう」

十四郎は頷いた。

どうあれ、自分は橘屋と運命を共にする身、お登勢とは一蓮托生、お登勢の思いを手助けできれば――そう思った。

「ありがとうございます。本当にありがとうございます」

おふくは、何度も頭を下げて帰っていった。

「十四郎様」

藤七が調べに出ると、お登勢は十四郎をまじまじと見て、言った。

「今回は、私の無理をお願いしました。申し訳ありません」

「なに、謝ることはない。俺がお登勢殿でも、きっと同じ事をする」

「ありがとうございます。でももし、気が進まないと思った時には、その時は遠慮なく手を引いて下さいませ」

「馬鹿な。俺はお登勢殿と一緒に行く。そう決めた」

「十四郎様……」

お登勢が熱い視線を投げてきた。

許嫁だった雪乃《ゆきの》を亡くしてから、十四郎の胸にはお登勢の影が、以前にもまして大きくなって、しかもその影は色彩を帯びてきていた。

急速にお登勢に惹かれていく自分を、十四郎はしみじみと胸の奥で感じていた。

だが一方で、お登勢と自分は、あくまでも雇い主と雇われ人だという位置づけも忘れてはいなかった。

しかし、こうして向かい合って潤んだ目で見詰められると、胸は締めつけられるように苦しくなる。

十四郎は、わざと照れたように、首の後ろをぴたぴたと叩き、

「いやなに、少しかっこ良すぎたか」

苦笑して、ごまかした。

お登勢も、ふっと笑って、

「お昼、召し上がりますでしょ」

と聞く。

「そうだ。忘れていた。すまぬが四、五日、ここで泊めてもらいたい。事情があってな、しばらく長屋には戻れぬのだ」

「まあ……よろしければどうぞ」

お登勢は、嬉しそうに言った。

ところが、そこへ突然金五が現れて、

「よう、色男」

とにやにやする。

「金五……」

と見たそこに、万吉がいるではないか。

――しまった。

思う間もなく、

「お登勢、十四郎には女がいるぞ」

と、金五は言った。

えっと、声にならない声をあげたお登勢の顔色が変わっていた。

十四郎は慌てて、

「金五、いい加減な事を言うな」

睨むが、金五は更に面白そうに言い放った。

「いいではないか。万吉が見てきておるのだ。おぬし、その女と喧嘩して長屋にいられなくなったんだろう。だから、お登勢に泊めてくれなどと言う」

「馬鹿な。これには事情があってだな」

「ほう、どんな事情か聞かしてもらおう」

「言っとくが、万吉は何も知らぬ。今言った話はおまえの作り話だ。そうだな、万吉」

　万吉に聞いた。

「うん。おいら、知らない」

万吉は、困った顔をして、走っていった。

「かわいそうに、万吉を巻き込まないで下さいまし。いいじゃありませんか、十四郎様に女の人がいたって。いつまでも一人という訳にはいきませんもの」

　お登勢はつんとした顔で言い、台所に消えた。

「金五……」

うんざりした顔で、十四郎は金五を見た。

だが金五は、笑って、

「隠すな。お登勢の言う通りだ」

　少しも分かっていないようだった。

そればかりか、

「お登勢、中食《ちゆうじき》なら俺も頼みたい」

大声で言い、

「今日は暑いな」

胸元を開いて、手でひらひらと風を送った。

「いや。私の方から塙さんを訪ねようと思っていたところでした」

北町与力の松波孫一郎は、三ツ屋の二階の小座敷に座るなり、そう言った。

傍では金五が酒を飲みながら、じっと十四郎と松波を見つめていた。

金五にしてみれば、話のなりゆきによっては橘屋を危うくするこの話を、黙って見過ごすことはできないと思ったらしい。

金五の立場からすれば当然のことだった。もしもの時には、金五の監督責任も問われることにもなりかねない。

ただ、金五は、十四郎とお登勢の決心に水を差すような事もしなかったし、手を貸すとも言わなかった。

松波は、そんな金五に視線をちらと走らせると、

「昨夜、塙さんには仲間が助けていただいた。まずそれを……いや、ありがと

う」

　頭を下げた。

「おかげで、佐久間の傷も大事なく、塙さんにはくれぐれも宜しくと申しておりました」

「いやいや、そんな事はいい。それより、あの火事の顚末《てんまつ》ですが」

「その事です。ご覧になったように、石川将監様がお役に就かれてからというもの、ことごとく町方と対立しまして困っています」

「どうやら無実の者まで捕縛していると聞いているが」

「その通りです。我々町方は、あのような横暴を指をくわえて見ている訳にはいきません。なにしろ、町人の生き死ににかかわる問題です」

　松波は苦い顔をして言った。

　石川将監は家禄五百石の旗本である。

　それが、お役を拝命したことにより、一気に千五百石の役高となり、鼻息も荒く、輪をかけて立身に興味のある御仁のようで、それが手当たり次第の捕縛に繋がっているのではないか。

　通常、火付盗賊改が捕縛した者たちは、小伝馬町《こてんまちょう》の牢屋に送られ、その上で詮議《せんぎ》を行うとしていたものを、将監は自邸に留め置き、罪を認めさせた上でないと、捕縛した者を外には出さなかった。

どんな拷問が将監の邸内で行われていようとも、町奉行所は傍観しているだけだった。

将監が下した罪の刑の執行にのみ、手を貸すばかりが町奉行所の仕事となってしまっている。

将監の暴慢を阻止しようと思うならば、確たる証拠をひっさげて、若年寄《わかどしより》、ひいては上様にご納得いただき、ご裁断を仰《あお》がねばならず、北も南も、その事で苦心惨憺《さんたん》の状態だと松波は言う。

「そういうことならば、私もあなたに相談しやすい」

十四郎は言い、松波をじっと見た。

「実は、橘屋に縁のある者が、先夜の火事の付火の下手人だと言われ御馬先召捕で捕縛されました」

「聞いています。大工の忠太ですな」

「そうです。今朝忠太の母親が、無実だといって橘屋に助けを求めて参ったのです」

「私たちもそう考えていますよ、塙さん」

と松波は、十四郎を見詰めて言った。

「それはありがたい。私の話はそのことです」

膝を乗り出して言う十四郎に、

「今急いで証拠固めをしています。したが、状況が悪い」

松波の顔が曇った。

「忠太のですか」

「そうです。調べましたところ、忠太は数日前に兄弟子と喧嘩をしまして、それを棟梁の政五郎《まさごろう》にとがめられ、普請場から外されていたようです。火付盗賊改はそれに目をつけて、忠太が恨みを抱いてやったものだと、こう言うのです」

「忠太は、どう言っているんですか」

「無実を叫んでいたようですが、忠太の声など聞く筈がありません。あくまでも将監の考えなのです。将監が罪と言えば罪になる」

「馬鹿な」

「まったくです。忠太は十日も経たないうちに、白状書に爪印《つめいん》を押すことになるでしょう。そして、府内五か所に一日ずつ晒された後、火焙りの刑を受けます」

「なんとかならないのですか」

「爪印を押せば終わりです。以前にも無罪を訴えていた者が五日も経たぬうちに白状書に爪印を押した。爪印を押せば、将監の屋敷を出され、小伝馬町で一時預かりとなりますが、その時、その者になぜ白状したのかと聞いたことがあります。そしたら、こう言ったのです。食事も与えられない。眠らせてくれない。朝から晩まで拷問を受けて、このまま死ぬのなら、一度でいい、腹に物をおさめて眠りたい。そう思うようになるようです。屋敷を出たいばっかりに爪印を押したと……」

「………」

「塙さん。忠太を救いたければ無実だという証拠をあげるしかありません。それも、将監がぐうの音も出ないような証拠です。で、我々も動いているのですが、時間がない。急がなくてはなりません」

「調べは、はかばかしくないのですな」

「今のところは……ただ、奉行所の調べでは、あの晩忠太は、恋仲のおさよという娘と一緒だった。これはおさよが証言しました。しかしその証言だけでは足りません。証言した相手が相手ですからな、将監が納得するはずがない」

「……」

「でも、諦めている訳ではありませんよ。こちらも必死です。町方の威信をかけてやっています。ですからとりあえず、おふくという母親から、吟味には十分手をつくしてくれるようにという嘆願書を提出させて下さい。忠太が白状したとしても、それでいくらか日を延ばせるかもしれません」

「分かった、そうしましょう」

二人は見合って、頷いた。

二人が、松波さん、塙さんと呼び合うようになって久しい。

物言わずとも、十四郎は松波に固い連帯を感じていた。

その時である。

「待て待て、おふくの嘆願書は俺がやる」

金五が膝を寄せてきた。

「聞けば聞くほど腹が立つ。できる協力はさせてくれ」

「しかし金五」

「何がしかしだ。十四郎、俺も人の子、心はある」

にやりと笑った。

三

「旦那、ここではうるさくて話もできません。ちょっとそこまで……」

大工の棟梁、政五郎は十四郎にそう言って、先にたって富沢町の火事現場を出た。

あの晩焼けた家の跡はすっかり片付けられていて、白木の材木が次々と栄橋から荷揚げされ、焼け跡に運ばれて積み上げられていた。

大勢の職人や人夫たちが、木材を移動させるたびに声を張り上げる。

焼け跡の焦げた臭いはまだ微かに残っていたが、現場はすっかり新しい建築の活気に包まれていた。

政五郎は、栄橋の橋袂の蕎麦屋に入った。

「ずいぶん早く手を打ったものだな。建て直しか」

十四郎は座るなり聞いた。

「へい。富田《とみた》屋さんが、破格の値段で材木を提供すると言ってくれまして、それで……」

「富田屋……」

「石川将監様の紹介です。近頃、急に大きくなった材木商ですよ。あっしも今回はじめて富田屋の材木を使うんですが」

「ほう、なるほど……」

「あっしは忠太のこともあって、石川様の紹介には二の足を踏んだのですが、家主が乗り気で……それに、せっかくの話を拒んで忠太の裁きに悪いように働きはしねえかと、そんな事も考えやしてね、気の重たい仕事です」

「そうか……で、政五郎、おまえは、忠太が本当に付火をしたと思っているのか」

「とんでもございません。仮にも忠太はあっしにとっては大事な弟子です。忠太の父親も大工だったんですがね。あっしとは妙に気が合っていたんです。父親は忠太が幼い頃に亡くなったんですが、その父親から、あっしは頼まれていたんですよ。立派な大工にしてくれって……」

「ではなぜ、現場から外すようなことをしたのだ。それが付火の理由だと言われている」

「あっしはね、旦那。可愛いから厳しく言ったのです。忠太に喧嘩をふっかけた丈吉《じょうきち》は兄弟子だが仕事が荒い。日々の態度もよくねえ男でござんして、忠太にやっかみを抱いていた。あれ以上一緒の現場に置いておいたら、忠太によくねえ。だから外したんでさ。丈吉には、今後つまらねえ喧嘩をしたら破門だと言ってあります」

「いったい、喧嘩の原因はなんだ」

「おふくろさんの事ですよ」

「おふくろさん……」

「丈吉の野郎は、忠太のおっかさんの過去を言い立てまして、おまえは誰の子か分かったもんじゃねえ、そう言ったと聞いています」

「どういう事だ」

「実はね、旦那……」

政五郎は太い溜め息をつくと、これは絶対、人にしゃべって貰っては困るのだが、と言い置いて話を継いだ。

忠太の父親の忠吉《ちゆうきち》は、政五郎とは同じ釜の飯を食った仲、親方に弟子入りしたのも同じ頃で、腕を磨いていっぱしの大工になるのを夢見ていた。

年頃になって政五郎が所帯を持ってまもなくのこと、忠吉が、俺も所帯を持ちたい女がいると告白した。

その女というのがおふくだった。

おふくはその頃、浅草で長屋女郎をやっていた。

長屋女郎とは、切見世《きりみせ》と呼ばれる長屋づくりの建物の中で春を売る女郎のことで、たいがいは町の路地に長屋が建てられ、その長屋は間口四尺五寸の局《つぼね》に切ってある。

入り口の土間を入れても二坪強の小さな部屋で、布団ひとつで客を待ち、時間を切って相手をする女郎のことだ。

長屋女郎は、場所によっては百文で春を売る安女郎だといわれていた。

忠太の父親忠吉は、兄弟子たちと一緒にひやかし半分に、そのおふくのいた切見世に上がった。

その時、たまたま忠吉の敵娼《あいかた》になったのがおふくだった。

だが、このたった一回の出会いが、忠吉を夢中にさせてしまったのである。

やがて忠吉は、おふくを女房にしたいと真剣に考えるまでになっていた。

そうはいっても、女郎の足を洗わせるのには金がいる。

忠吉は政五郎の助言もあって、親方に金の無心をしたのであった。

だが親方は、その金の使途が気にいらない。そんな女を女房にするなら師弟の縁を切るとまで言ったのだが、忠吉は頑《がん》として聞かなかった。

結局親方もひっこみがつかなくなって、十両の金を縁切料として忠吉に渡し、師弟の縁を切ったのである。

忠吉は、あちこちに借金をしたあげく、三十両の金を懐に、おふくの切見世に走り、主と話をつけて、おふくを女房にしたのであった。

政五郎とも、それでしばらく縁が切れていたのだが、会いたいと忠吉から連絡を貰った時には、死の間際だった。

忠吉は、おふくを得るためにした借金を返すために、よほどの無理をして働いていたようだった。

政五郎が駆けつけた時、息子の忠太は五歳になっていたが、それから考えると、忠太は、忠吉とおふくが一緒になってまもなく生まれたことになる。

忠太が忠吉の子であるのかどうか、政五郎には知る由《よし》もない。

だが、忠吉が自分の名の一字をとって『忠太』と名付けたからには、間違いなく、忠吉の子に違いないと思っている、と政五郎は言い切った。

「そうでなきゃ、死地に向かう床の中で、あっしに忠太のことを頼むわけがねえ。

それを丈吉は、どこから昔の話を聞いてきたのか……」

政五郎は、忠太と丈吉が喧嘩になった時の状況を、順を追って話してくれた。

十日前のことである。

新築していた家屋の床張りが、あと少しで終いになるところだった。

政五郎は出かけていて、指揮は丈吉に言いつけていた。

一日の仕事の区切りは、その日によって切りのいいところで終わるのが政五郎のやり方だった。だが手元が暗くなっては仕事が粗雑になるために、その時には明日に残して終いにしていた。

しかし今度の仕事は、家主が急いでいたために、最初から四半刻《しはんとき》（三十分）ほど延びるのはたびたびで、仕事が終わればすぐ遊びに行きたい丈吉には不満だったに違いない。

その日も少々の床張りを残していたが、

「おい、みんな。今日は終いだ」

丈吉は弟子たちに言った。

すると忠太が、

「兄い、おいら、もう少し居残りします」

立ち上がって言った。

「何、てめえが残れば、他の皆も残らなくちゃならねえって気を遣うぜ」

「いえ、それは……俺一人でやります」

「生言《なま》うんじゃねえ」

いきなり、丈吉は忠太の頬を張った。

「何するんだ」

「俺の言うことが聞けねえってか。今日の差配は俺が任されてる。ははん。そうか、てめえ、俺が目障りなんだ」

「そういう訳じゃありません」

「そういう事だろうが……ちょっとばかし、親方に気にいられていると思ってよ。この時とばかり俺にたて突きやがる。おめえは、態度がでかいんだよ」

「……」

「人の付き合いっていうものを知らねえ馬鹿だ」

「……」

「無理もねえ。おまえのおっかさんは、昔、女郎をしてたっていうじゃねえか。そんな女の腹から出てきたおめえは、誰の子か分かったもんじゃねえやな。薄汚ねえ人間だ。薄汚ねえ人間が考えることはそういうことだ。顔も見たくねえや、帰れ」

丈吉は、頬を押さえて見上げていた忠太に言い放った。

「許せねえ！」

忠太が突然、丈吉に襲いかかった。

「野郎……」

二人は張り上げたばかりの床の上で摑《つか》み合いの喧嘩になった。

「おっかあの悪口を言うなんて、許せねえ。謝れ、謝れ。おっかあに謝れ……」

忠太は丈吉に馬乗りになって、泣きながら殴り続けていたのである。

仲間がよってたかって引き離した時、政五郎が戻ってきて、二人を散々に叱った後に、忠太には現場を離れてもらうことにしたのだと政五郎は言った。

後から聞いた人の話では、その後、忠太は千鳥《ちどり》橋の側にある『ひさご』という飲み屋で、飲めない酒を呷って管《くだ》を巻いていたようだ。

その時、たまたま一緒になって飲んでいた男に、忠太は「あんな奴は生かしておけねえ」と、言っていたという。

「で、三日前の晩に普請場が火事に遭ったという訳ですが、翌早朝には、忠太は、恋仲のおさよの長屋にいるところを、火付盗賊改方の岡っ引に襲われて捕まってしまったのでございますよ」

「しかし、忠太が付火をしたという証拠があるのか」

「言い立てているのは、岡っ引です」

「なんという名の岡っ引だ」

「ここらあたりを常に徘徊している岡っ引ですが、般若面《はんにゃ》の仙蔵《せんぞう》という人相の良くねえ男です」

「般若面の仙蔵……」

「へい。みんなに恐れられている男です。昔は何をやっていたのか、得体《えたい》のしれねえ男です」

「で、丈吉は、どうしている」

「あの火事以来出てきていません」

「住まいは」

「堀留町《ほりどめちょう》の長屋です」

「うむ」

それで十四郎は立ち上がった。だがすぐに、

「おさよの長屋も教えてくれ」

「おさよちゃんは、この川を下った難波町《なにわちょう》です」

「分かった」

「旦那……」

政五郎は、出ていこうとする十四郎を呼び止めた。

十四郎が振り返ると、

「あっしもこのまま放ってはおけねえ。どんな事をしても助けてやりてえと考えています。なんでもおっしゃって下さいまし」

「十四郎様、いいところに帰ってくれました。えらい事になってしまいまして、あなた様を呼びにやろうかと考えていたところです」

米沢町の長屋に戻ると、青い顔をして八兵衛が飛び出してきた。

「実は、おふじさんがいなくなったのでございますよ」

「いつだ」

「それが、昨日ですね。おふじさんを捜しているという岡っ引がやってきたんです。目のぎょろっとした、怖い顔をした岡っ引です」

「なんで捜してると言ってきたんだ」

「いえそれは……ただ、隠したりしたら、ためにならねえって……まあその言い草が凄いのなんのって。あたしは、思い出しただけでも震えがきます。それがあんた、見掛けない岡っ引だと思ったら、なんと火付盗賊改方の岡っ引というじゃありませんか」

「何、岡っ引の名は」

「般若面の仙蔵」

「確かにそう名乗ったのか」

「はい」

「で、おふじがこの長屋にいると言ったのか、おまえは」

「十四郎様、怖い顔をしないで下さいまし。私はね、十四郎様に頼まれていましたから、ここにはいませんと言いました。でもあの顔は、何もかも知っているという顔でした」

「しかし何故だ。何故、火付盗賊改がおふじを探している」

「そんなこと私が知る訳がございません。それで私は、岡っ引が帰るとすぐに、おふじさんに聞いたんですよ。そしたらおふじさんは、人違いの話じゃありませんか、とこうです。そういう事ならと私も安心しておりましたら、いつの間にかいなくなっていたんです」

「そうか……」

「やっぱり、あの女はよくない事をしていたのですよ、十四郎様。そうでなかったら、岡っ引が訪ねてくる訳がございません。お願いでございますから、もう二度と、変な人を住まわせたりしないで下さいまし」

「すまん。申し訳ないことをした」

「分かればいいんです」

八兵衛はそう言うと、戸を閉めて、引っ込んだ。

般若面の仙蔵とは、よほど恐ろしい顔をしているらしい。

しかし、なぜ、そんな男におふじは追われていたのだろうか。

十四郎は、急いで我が家の戸を開けた。

微かに化粧の残り香が漂っていたが、八兵衛の言う通り、おふじの姿は消えていた。

——何か俺に残しているのではないか。

そんな気がして、あっちこっちをひっくり返して見てみたが、おふじは走り書き一つ残してはいなかった。

ただ一つ、十四郎の父母の位牌に、白い小さな花が手向《たむ》けてあった。

花は名も知らぬ野の花のようだった。どこか近くで摘んできたのかもしれない。

優しいおふじの一端を見たと思った。

家の中に女がいるという事は、こういうちょっとしたところで、心が潤うのかもしれぬ。

だが、次の瞬間、

――ひょっとしておふじは、この花を摘んでいるところを、般若面の仙蔵に見られていたのかもしれぬ。

そう思ってぞっとした。

まだ一度も会ったことのない男だが、仙蔵の卑劣《ひれつ》で執拗《しつよう》な立ち入り方には、凶悪なものが見え隠れする。暗闇に目を光らせて獲物を狙う狼のようだと、十四郎は思わずにはいられない。

それは、ここに帰ってくる前に立ち寄った、おさよの所でも窺えた。

政五郎と別れた後で、十四郎はすぐに丈吉の長屋に寄ってみたが、丈吉は二日前に上方に行くと言い、長屋をひき払っていた。

どうやら政五郎にも告げずに、出奔《しゅっぽん》したらしかった。

十四郎はその長屋をすぐに出て、おさよに会いに行った。

おさよは忠太が捕まった事に衝撃を受け、勤め先の仕出し屋に断りを入れ、臥せっていた。

おさよに、十四郎が訪ねてきた訳を話すと、

「忠太さんを助けて下さい。お願いします。でないと、この、おなかにいる赤ちゃん、てて無し子になってしまいます」

おさよは床から這《は》いずり出てきて、手をついた。

「忠太は、火事のあった晩に、ここにいたんだな」

「はい。宵の口からずっとここに……それで、近々棟梁にも私たちのことを話して、忠太さんのおっかさんにも会いにいこうって、相談していたところでした。そしたら、富沢町の方が火事だっていうんで、あの人飛んで出たんです。で、暫くして『本当に燃えちまった』って、帰ってきました」

「本当に燃えた……どういう事だ」

「忠太さんは普請場を外されたことで、棟梁に嫌われたと思っていました。そうなった原因は丈吉兄さんですから、今度丈吉兄さんが普請場を任された日に、火

事にでもなればいいんだ。そうすれば、丈吉兄いは、責任とって親方のところにはいられなくなるんだって、恨みごとを言っていましたから」

「忠太はそんなことを言っていたのか……まさか、それを人に聞かれたのではあるまいな」

「それはありません。でも……」

おさよは、そこまで言って、だが言いあぐねて、俯いた。

「なんだ、言ってみなさい……おさよ」

十四郎が促すと、ようやく決心をしたように、おさよは言った。

「忠太さん、普請場を外されてすぐにここに来て、札に『狐火』なんて書いて、これをあの普請場に張り付けて脅してやりたい、なんて言っていました」

「なんだと」

「大好きなおっかさんを悪《あ》しざまに言われたんです。誰よりも大切に思っているおっかさんを……。おっかさんの昔はそれとなく、あの人知ってました。でも『俺は、親父がおっかさんに惚れ抜いて、それで生まれてきた子なんだ』って、自慢だったんです。忠太さんでなくても、誰が親を悪しざまに言われて、我慢できるでしょうか。だから腹立ちまぎれに書いたんです」

おさよは、わっと泣き出した。

「おさよ、ここは肝心なところだぞ。その話、町方にもしたのか」

「いいえ、恐ろしくて……」

「うむ……で、その札だが、ここにあるのか」

十四郎が聞くと、おさよはあっと顔を上げ、

「いえ、それは、私が破って、ごみ置き場に出しました」

「いつだ」

「四、五日も前です」

「確かに破り捨てたんだな」

「はい……でも」

「でもなんだ」

「岡っ引がここに踏み込んできた時に、妙なことを言いました。証拠は握っているんだって……まさか、あの札を拾って……」

「岡っ引は火付盗賊改の手下で般若面の仙蔵だったな」

「はい。確かにそのように名乗ったと思います」

おさよも、般若面の仙蔵という名に頷いた。

十四郎が調べ回る先々に、必ず登場してくるのが、般若面の仙蔵だった。

——おふじも、般若面の仙蔵に狙われているということか……。

十四郎は、おふじのいなくなった部屋で、啜り泣くおふじの姿を思い出していた。

四

「これが、般若面の仙蔵の手配書です」

松波は、三ツ屋の二階に上がってくるなり、美濃《みの》紙に書いた似面絵《にづらえ》人相書きを差し出した。

四角い顔に太い眉、目の鋭い鷲鼻の男が、正面を見据えている。いかにも凶悪な顔が、そこにあった。

「これは……松波さん、手配書が奉行所にあったという事は、般若面の仙蔵は、お尋ね者だったのですか」

手配書を覗いた金五が、驚きの声をあげた。

「そうです。三年前まで押し込み強盗をやっていた盗賊の頭です」

「なんて事だ。まことですか」

金五は、啞然として念を押す。金五でなくても、俄《にわ》かには信じがたい話だった。

松波は頷いて、金五を、そして十四郎を見た。

「当時、私たちは必死になって追っていたのですが、ぷっつりと行方が分からなくなっていた男です」

「しかしそんな男を、石川将監は手下に使っているんですか」

「この男だけではありませんぞ。人足寄場《にんそくよせば》にいた者、所払いになっていた者、島流しになっていた者、石川将監が手先に使っている岡っ引は、そういった連中ばかりだ。奉行所の調べでも、行くところ行くところ、般若面の仙蔵の名が出てきてびっくりしています。あの辺りは、どうやら仙蔵に任せていたようです」

「腹のたつ話だ。そんな輩を手先に使って、人を裁いていいのか」

金五が拳で膝を打つ。

「仙蔵は、盗賊時代の嗅覚をきかせて、町々の溝板を剥《は》がし、ごみ籠を漁《あさ》るようなことまでして噂を拾い集めているようですが、まあ、仙蔵が好きにできるのも今のうちでしょう」

松波は、胸を起こした。

「松波さん。何か摑みましたね」

十四郎がにやりとして聞いた。

「うちも今度ばかりは奉行所の威信にかけて探索しています。なにしろ佐久間さんがあのような怪我を負わされていますから、奉行所内は敵討ちのような雰囲気になっていまして……で、仙蔵ですが、石川将監に雇われるまでどこにいたと思います……材木商の富田屋のところにいた、という事が分かりました」

——なるほど、そういう事か。

十四郎は、富沢町の火事現場に、早々運ばれていた富田屋の材木を思い出した。

まさかとは思うが、付火をして火事を起こしているのは将監たちではないか。

そして、善良な町人を罪人にしたてあげるために、前もって仙蔵によからぬ噂を拾って歩かせているのではないか。また、焼け跡の建築用資材の購入には富田屋を使うよう推薦し、富田屋に独占的に利益をあげさせ、結託して暴利を貪《むさぼ》っているのではないか。つまり、富田屋が上げた利益は、石川将監に流れているのではないか。

十四郎が、そこまで考えて顔を上げると、松波がそれを待っていたかのように、きっぱりと言った。

「私たちも、石川将監と富田屋はつるんでいると見ていますよ」

「確たる証拠は……」

金五がせっつくように聞く。

「いやそこまでは……それさえ摑めば、忠太の無罪は勝ち取れます。それまで忠太には、白状してほしくないと望んでいるのですが……」

そこに少々の不安があるのだと、松波は言った。

するとそこへ、

「藤七です」

戸が開いて、藤七がおふくを連れて入って来た。

「おお、おふく、持ってきたか」

「はい」

「こちらが北町与力の松波様だ。しっかりお願いするんだぞ」

金五が手招きをして言った。

おふくは緊張した面持ちで膝を進めて、手をついた。

「お役人様。私が忠太の母親でございます。いざという時には、どうか忠太の再吟味をお願いいたします」

おふくは胸元に挟んできた書状を差し出した。

「松波さん。このおふくが、書けない字を何度も練習して、ようやく書き上げた嘆願書です。よろしく頼みます」

金五は傍から口添えをした。

「承知した」

松波は、書状を取り上げて、忙しく目を走らせると、また折り畳んで懐に入れ、

「おふく、気をしっかり持て。よいな」

「ありがとうございます。忠太は、確かに、亭主と一緒になった時にはすでに腹にできていた子でございますが、誰がどう言おうと、間違いなく亡くなった亭主の形見でございます。私の腹から生まれた大事な息子でございます。できれば、私の命にかえても助けてやりたい、そんな気持ちでございます」

おふくは、体を乗り出すようにして訴える。

「でも、私のような女から生まれたばっかりに酷い目に遭って……それを思うと、忠太が今ごろどんな思いでいるのかと……私を恨んでいるのではないかなどと……胸が張り裂けそうでございます」

「その気持ち、分かっているぞ、忠太はな。いくつになっても息子にとって母親

は母親だ。これほど神聖な存在もほかにない。忠太がお前を恨むはずがないではないか。そんなつまらぬ事を考えるより、忠太の無実を祈ってやれ」

「ありがとうございます。お役人様も、近藤様も、塙様も、みなさん、よろしくお願いします」

おふくは、何度も頭を下げて、帰っていった。

藤七がそれを見届けて、

「十四郎様、狐火の件ですが」

と、険しい顔を向けた。

「何か分かったか」

「はい。私の調べたところでは、これは隅田川両岸に広がる町屋だけの数字ですが、この三月《みつき》だけを見ましても、火事が起きた件数は、今月が既に三件、先月が五件、先々月が六件と、昨年や一昨年から比べると倍近くになっています」

「つまり、石川将監が火付盗賊改役になってから、頻繁に起こっているという訳だな」

金五が念を押した。

「はい、そのようです。で、その一つ一つに当たってみまして分かったことは、火事の起きる前に狐火を見たという証言が十件近くありました。問題は、その現場に、必ず般若面の仙蔵が出入りしていることです。中には、狐火が出たあたりから、仙蔵が現れたのを見た者もおりましたが、皆恐ろしくて口を噤《つぐ》んでいたようです」

「仙蔵め……藤七、仙蔵の事は、後は町奉行所に任せてくれ。きっと尻尾を摑んでみせる」

松波は刀を摑んで立ち、一礼すると、慌てて階下へ降りて行った。

かわりに小さな足音が、階段を上ってくると、

「十四郎様、近藤様、駆け込みです」

お民が敷居際に腰を落として告げた。

急ぎ橘屋に戻った十四郎は、駆け込んできた女を見て驚愕した。

「おふじではないか……」

「その節は、はばかりさんでございました」

おふじは手をついた。幾分、やつれているように見えた。

「あら、ご存じだったのでございますか」

お登勢が驚いて聞く。

「ご存じも何も、火事のあった晩に俺の長屋に押しかけてきた女というのが、この人だ」

十四郎が、得たりとばかりに説明した。

掛けられていた不信が、これで解けたと心の隅でほっとしていた。

「とは言っても、俺はおふじという名の他は何も知らぬ」

十四郎は苦笑した。

「おふじさんは、深川島崎町《しまざきちょう》にある材木商富田屋さんの『別妻』さんです」

お登勢は言い、きらっと鋭い視線を十四郎に投げてきた。

「富田屋の別妻……」

「早い話が妾《めかけ》でございますよ」

おふじが苦笑して言った。

「妾……妾も駆け込まねばならぬのか」

「十四郎様、別妻も、きちんとけじめをつけておかなくては、後々誰かに再縁する時に、支障が出ることだってあるんですよ。おふじさんの場合は、命にかかわるほどの大事だという事ですし」

「おふじ、それだが、米沢町の長屋に般若面の仙蔵がお前を訪ねてきたらしいが、その事と関連があるのだな」

「……」

「何もかも正直に話してくれぬか。おまえが富田屋の囲い者だというのなら尚更だ。ことによっては、おまえは駆け込みなどせずともよくなるかもしれん」

十四郎は、火付盗賊改に向けられている嫌疑、それに富田屋や仙蔵がかかわっているという話をして聞かせた。

「次々と善良な民が犠牲になっていると俺たちは見ているのだ。大工の忠太もそうだ。このまま、奴らをほうっておいては、犠牲者が増えるばかりだ。おまえが知り得るすべての事を話してくれ。けっして悪いようにはせぬ」

おふじは俯《うつむ》いて聞いていたが、顔を上げると、

「あたし、本当言うと、覚悟を決めてここに来たんです。ここに来れば塙の旦那に会える。会って何もかも話そう。あの、塙様ならあたしを助けてくれるって……。米沢町の長屋で、旦那はずっと朝まで、あたしを見守って下さいましたよね。あたし、眠ったふりして、旦那の優しいまなざしを見てたんです。あれで、橘屋の皆さんがどんな姿勢で女たちを救っているのか、はっきりと分かりました。

旦那が今度帰ってきたらここに駆け込む手筈を頼もう、そう思っていたところに、仙蔵が訪ねてきたことが分かりました。それで、身を隠していたんです」

と言う。

十四郎は苦笑した。

あの晩長屋で酒を飲みながら起きていたのは、おふじに対する警戒心がまず先にあったからだ。

だが、そのうち、無防備に眠ってしまったおふじを見て、見ず知らずの俺のような男の所に飛び込んでこなければならぬほどの事情とは何だろうと、それほど切羽詰まっているのかと思うと、ただ哀れで、おふじの寝顔を見て、あれやこれやと考えていたのであった。それをおふじは、俺の優しさだと言う。

十四郎は、面映《おもは》ゆい気持ちで、おふじを見た。

おふじは、保ってきた緊張を解くように、肩で大きな息を吐いた後、話を継いだ。

「あたしはね。瞽女《ごぜ》の子なんです」

「瞽女……」

金五が驚いて、

「おっかさんは目が不自由だったのか」

いたわるような声を掛けた。

瞽女とは、盲目の女人が、糧《かて》を得るために、三味線を弾いて旅をする者のことを言う。

「ええ、小さい時から、おっかさんの手をひいて、寒い日本海をあっちに行ったりこっちに行ったり……雪がとけて、ようやく待っていた春がきたと思った時、おっかさんは突然野道で倒れて死にました。どこだったか場所は忘れましたが、菜の花がいっぱい……いっぱい咲いていたのを覚えています」

おふじは、声を詰まらせた。

今この場所に菜の花が揺れ、母の遺骸が転がっている。

それを幼い少女が、為す術もなく見下ろして、呆然と立ちすくんで見詰めている。

そういった情景が、おふじの脳裏を走り抜けているに違いない。

聞いている十四郎やお登勢はもちろん、金五も衝撃的なおふじの話に、息を凝らし、黙然として聞いていた。

おふじは涙交じりの、湿った声で話を続けた。

「あたし、おっかさんに取り縋って泣いていました。人っ子ひとり見えない野の道で、幼い私は泣くことしか、考えられなかったのだと思います。冷たくなっていくおっかさんの体を、菜の花を摘んできては飾り、また飾りして……そのうちに眠くなっておっかさんにくっついて寝ていたようです。そこへ通りかかった富田屋が助けてくれたんです。十歳になるかならぬかの子供心には、富田屋は仏のようにうつりました。でも……」

おふじは、救いを求めるように、真っ赤な瞳を向けると、

「富田屋は、関八州以北の盗賊を束ねる大頭だったのです」

と、唇を噛んだ。

「じゃあ富田屋は、盗んだお金で今の店を……」

お登勢が聞いた。

おふじは頷き、

「ただの盗賊ではありません。火を付けて、それで盗みに入るのです」

——やはりな。

十四郎は心の中で頷いて、おふじを見た。

おふじは、感情の高ぶるのにまかせて、話していく。

「物心ついて富田屋の悪事を知った時にはもう、あたしは富田屋の女になっていました。好きも嫌いもない男と女の関係でした……でも、拾ってもらったのだから、恩義があるから、そう言い聞かせてきたんです。いえ、目をつぶってきたのです。ところが、偶然石川将監との密談を聞いてしまって、それであたし、見つかって、おまえも付火をしろと迫られました。それができなければ殺すって……だから逃げてきたのです」

「おふじ、では、この間の富沢町の火事は、誰の仕業だったのだ」

十四郎が聞いた。

「仙蔵です。付火をする時には、あらかじめ下手人を誰にするか決めてからやります。この間の火事は、忠太さんに決まっていました。常々町を徘徊《はいかい》している仙蔵が、兄弟子と喧嘩をした忠太さんの話を聞いて、今度下手人に仕立ててあげるのは忠太さんだって、富田屋に話していました」

「許せん、十四郎、俺は松波さんに会ってくる」

金五は怒りもあらわに、足音を立てて出て行った。

五

「おや、ご隠居さん。今日はお連れ様がご一緒ですね」

店主は、ちらっと十四郎に視線を走らせると、編み笠をとった着流しの楽翁に気安く声を掛けた。

「いつものをおくれ」

「へい。で、いかがでございました。釣れましたか」

と店主は言いながら、楽翁のびくを覗く。

「駄目だね。一匹もかからないよ。魚にまで逃げられるようになってはお終いだね」

楽翁は笑いながら、奥の小座敷に上がった。

どうやらこの店は、百本杭《ひゃっぽんぐい》に魚を釣りにくる者たちに、ちょっとした料理と酒を出している店のようだ。

こんなところに、御家人《ごけにん》の隠居のなりで、楽翁が出入りしているなどと、考えてもみなかった十四郎である。

いや、そもそも、供も連れずに、両国橋上流の百本杭で、竿を手に糸を垂れている楽翁を見た時、十四郎は驚いた。

おふじの話から、金五が勇み足もよろしく松波を訪ねていったのは、三日も前のことだ。だが既に、金五が奉行所に到着する前に、松波の耳には忠太が白状書に爪印を押し、刑も決まったのだという報告が届いていた。

松波はすぐに再吟味の願いを北町奉行に提出したらしいが、それより早く、石川将監の専断で、忠太火罪の御下知札《ごげじふだ》は、老中から御側御用取次《おそばごようとりつぎ》、御小姓頭取《おこしょうとうどり》を経て、将軍の裁可を受けた後だった。

通常ならば、白状した時点で、罪人は小伝馬町の牢屋に送られてくる。しかも、老中に伺いをたてるのは、町奉行所からというのが慣例だった。

それを将監は、忠太が白状してもなお、自邸に留め置き、将軍の裁可を頂いた後で、奉行所に報告してきたのであった。

そういった事情を考えても、今度の付火の一件も、あきらかに石川たちが仕組んだ計略だと思われた。

そんな奴らのために、忠太はいま、火罪の者が受ける五か所の晒の刑を受けていた。

昨日、両国橋の袂に晒された時、おふくは囲いに打った縄の前で、終日座り続けていたと聞いている。

いや、それればかりか、人の話では、両国ばかりか他の晒の場所でも、おふくは座り込んでいるらしい。

十四郎が両国橋の袂で、晒の現場を覗いた時、忠太は、よほど酷い拷問を受けたと見えて、顔は腫れ上がって黒ずんでいた。

意識も朦朧《もうろう》としていたのか、おふくの叫びも聞こえないようにぐったりと首を折り、括りつけられている柱でようやく体を支えているといったふうだった。

忠太の凄まじい傷痕とおふくの叫びに、群衆はみな泣いた。

誰一人、忠太を非難する者などいなかった。

——忠太、あきらめるな。きっと助けてやるぞ。

十四郎は、忠太の無残な姿に誓ったのである。

——こうなったら、楽翁の力を借りるしかない。

そう思っていたところに、楽翁の方から呼び出しがあった。

その場所が百本杭だというので、来てみたら、楽翁は御家人の楽隠居の姿で釣りをしていたという訳である。

こんなところまで来て釣りをしなくても、楽翁の住まいする邸内には湖のような池があり、釣りはいくらでもできる。

それを、一人で、釣り姿で町に出るのは、危険ではないか――。

十四郎は小座敷に座るなり、その事を聞いた。

すると楽翁は、

「邸内で釣りをしていても、世情に接することはかなわぬ。百本杭に来た時には、わしは暇をもてあました楽隠居だ。いや、実にな。町場では雑多な話が聞けるものだ」

にんまりとして、十四郎を見た。

「たびたび、こちらの方へ参られるのでございますか」

「ここだけではないぞ。今だからできる江戸見物を楽しんでおる」

「しかし……」

十四郎は、昨年、小名木《おなぎ》川沿いで襲撃された楽翁を救っている。

それが縁で楽翁から橘屋を紹介され、十四郎の今がある訳だが、あの折、楽翁は忍び駕籠に乗り、家士数人に警護されていたにもかかわらず、覆面の武家数人に襲撃された。

十四郎が行き合わせなかったら、正直、どうなっていたか分からない。それを……。

随分大胆なことをなされるものだと、十四郎は悠然と座す楽翁を見た。

「なにをぽかんとしておるのじゃ。今だからできる、わしだからできることをしているまでだ。たいした事をしている訳ではない。わしの存在を疎《うと》ましく思っている輩に、わしは地獄耳だと、そう思わせるだけで十分だと思っているのだ」

「恐れ入りまする」

「十四郎。ここでは畏《かしこ》まるな。楽にしろ、楽にな」

楽翁は膝を崩して、

「他でもない。来て貰ったのは、石川将監とその一味の件だ」

と言い、険しい目を向けてきた。

「実は、私もその事でぜひ、お聞き届けいただきたいことがございます」

「分かっておる。みなまで言うな。存分にやるがよいぞ。上様の治世にかかわる問題だ。後はわしに任せればよい」

楽翁がそう言って頷いた時、店主が料理を運んできた。

鮒《ふな》の塩焼きとなます、それにわかめと塩漬け保存していた竹の子の煮物、料理はそれだけだった。

「ご隠居様。これでよろしゅうございますね」

店主がにこにこして念を押すと、

「結構。これ以上の馳走は、出してもらっても手元不如意《ふにょい》だ」

楽翁は懐を叩いて笑った。

十四郎もつられて笑った。

楽翁とは、なぜか会うたびに親密度が深くなる。

十四郎は、気取らず、魚をむしる楽翁に、そんな感慨を抱いていた。


忠太の引き回しは、その日の未明、下谷《したや》の石川将監の屋敷を出ると小伝馬町で行列を仕立てた後、江戸市中に出立《しゅったつ》した。

行列の先頭は六尺を持った男が二人、次に晒場五か所と火事場の富沢町に立てられていた長さ六尺、幅一尺の捨札と呼ばれる罪科《つみとが》を書いた札を持った者六人、それに槍持ち、幟《のぼり》持ち、棒突き、罪人の介添え、罪人や警護の侍の馬の口取りなど、総勢四十人前後の大勢の者たちが列をつくり、その列の中ほどに、忠太が首から後ろ手に縄をかけられ、馬に乗せられて行くのであった。

本来なら、この中に南北与力の正副検死役が、陣笠、野羽織、袴姿で騎馬し、手下の同心を従えて行列につくのだが、今回はそれらの役は、全て石川将監配下の与力同心という、前代未聞の行列仕立てとなっていた。

南北両町奉行所とも、このたびの一件には、公然と将監に異議を唱えたのである。

しかし将監にしてみれば、町方に屈すれば、自身の失態を認めなければならず、罪無き人を罪人に仕立てたとして、結局は切腹ものだ。

どうあっても、忠太を処刑しなければ、将監自身の明日はない。

だから将監は、無理にも刑を執行しようとしたのであった。

執行してしまえば、死人に口無し、白状書に爪印もある。将監がお役を解かれる事はあっても、切腹は免れる。

火付盗賊改役と奉行所の綱引きは、結局決着がつかぬまま、両町奉行所は下層の刑場掛りともいうべき男たちは同道させるが、純然たる奉行所の者は、誰一人行列に加わらないと決めたのであった。

腹を立てた将監は、配下にその代役を命じ、自らも行列の背後について、鈴《すず》ヶ森《もり》までじきじきに出向くという異例の行列となったのである。

引き回される町々で、群衆は忠太に手を合わせた。

前代未聞の見物人が垣根をなしたが、それは付火の悪人を一目見ようとする者たちではなくて、いずれも忠太の不運を嘆き、引き回しをする火付盗賊改に怒りを向ける者たちだった。

忠太は、痩せこけた体を必死でささえ、馬上の人となっていた。

白い顔には、もはや表情はなく、馬の背中で黙然として揺れていた。

死は、すでに覚悟しているという表情だった。

一行は、最後に富沢町の火事場に立ち寄ると、そこからはまっすぐ鈴ヶ森を目指して、東海道に入った。

そして、街道筋にある高輪《たかなわ》の小さな寺で、一行はひとときの休憩をとった。

ここでは、たいがい、罪人にも最後の面会が許されていた。

一行が寺の境内に入ってきた時、風呂敷包みを抱えたおふくが、寺の庫裏から走り出てきた。

「お役人様。忠太の母親のふくでございます。どうぞ、倅と最後の別れをさせて下さい」

おふくは、地面に額を擦りつけた。

どうしましょうかというような顔を、与力が将監に向けた。

さすがの将監も、ここまで来れば、刑場まであと一息と思ったのか、鷹揚《おうよう》に頷いた。

忠太は寺の境内の一角に、馬から下ろされ、そこにおふくは案内された。

「忠太……」

おふくは、静かに近付いた。

正視できないほどの忠太の傷を、おふくは近付いて、そっとさすった。

「痛かったかい……おっかさんが撫でてやるよ、忠太……」

おふくは、頰から肩へ、肩から背中へと、体をさすった。

じっと堪《こら》えてなすがままにされていた忠太の瞳から、どっと涙が溢れ出た。

「おっかさん……」

「忠太、おまえの好きなしじみ飯を炊いてきたんだ。おあがり……たんとお食べ」

おふくは、忠太の口に、少しずつ、少しずつ、しじみ飯を運ぶ。

ふっと、忠太が泣き笑いした。

「美味しいかい」

おふくが忠太の顔を、覗くようにして聞いた。

するとと忠太は、子供のように、こっくりと頷いた。

母に甘える、小さな子供の顔だった。

「ごめんよ忠太、こんなおっかさんでごめんよ」

「何を言うんだおっかさん……俺、幸せだった、おっかさんの子に生まれて」

「忠太……」

おふくは、がっと忠太の体を抱きよせた。

「おっかさんの方こそ、おまえが倅で幸せだったよ、忠太」

「おっかさん……」

「覚えているかい忠太、まだおまえがちっちゃかった頃、おとっつあんがおまえを肩ぐるまして、天神様《てんじん》のお祭りに行ったろう……おまえをまん中にして、三人で……何を見ても楽しかった。おとっつあんにもおっかさんにも、おまえは自慢の倅だったんだ。それを忘れないでおくれ……」

「おっかぁ……」

「おまえが死んだら、おっかさんもすぐに逝《い》くよ。おまえはね、おっかさんの命だったんだ。そのおまえがいなくなってどうして私が生きていかれるもんか。おまえがさびしくないように一緒に逝くよ。そうだ、あの世でおとっつあんも待ってるんだ。あの世で、三人で、また仲よく暮らそう、忠太」

うんうんと頷く忠太の肩や手をさすりながら、おふくは言った。

「おっかさん……ありが、と」

忠太がおふくの胸の中に、甘えるように顔を埋めた時、

「時間だ」

介添え役の男が言った。

「待ってください、もう少しもう少し……」

おふくが介添えの男に縋りつく。

「だめだ」

男はおふくを突き飛ばした。

「おっかさん」

「忠太……」

二人は引き離されて、行列は再び隊列を組んだ。

陽はすでに傾きはじめていて、海のむこうから足早に夕暮れが近付いて来ているようだった。

「急げ」

小者たちを急がせて、一行は鈴ヶ森に入った。

鈴ヶ森は、東海道を挟んで、前面には松林があり、そのむこうには夕焼に輝く海が広がっている。だがこちらは、異様な雰囲気に包まれていた。

一行が森に入ると、どこからともなく、からすが一羽二羽と集まってきた。群衆の姿はなく、ここではからすが、刑の執行を見届ける。

火罪の刑は火焙りに決まっていた。

『目には目を以て償い、歯には歯を以て対する』という考えからきているのである。

罪柱という栂《つが》の木で作られた、太さ五寸角、長さ二間の柱が、土中に三尺埋められて、上部に釣り鐘を伏せたような竹の輪がしつらえてあり、罪人はこの輪をかぶるようにして、泥を塗り込んだ太縄で首や体を柱に括りつけられる。

足元に薪の束を積み、足回りにさらに薪の束を積み、そして胴回りには、足から頭まで竹の輪に沿って茅《かや》の束を二重三重に積み上げて、罪人をすっぽりと囲み、蒸し焼きにするのである。

「はじめろ」

将監が、顎で引き据えられた忠太を指した。

と、その時、

「やめろ。その者は無罪。無罪の者を火刑にするなど、天が許さぬ」

十四郎であった。傍に藤七が従っている。

「貴様は、あの火事場の……」

将監が立ち上がって、目を剝いた。

「そうだ。会うのは二度目だな、将監」

「おまえは、何奴だ」

「俺は駆け込み寺、慶光寺の寺宿橘屋の者だ。将監、おまえの悪事は、駆け込んできたおふじによって明白である。すんでのところで後れをとって、御下知札の裁可は下されたようだが、母親おふくからの再吟味願いが北町奉行所に提出されて、今頃はご許可いただいた頃だろう。富田屋も仙蔵たちもすでにお縄になっている筈だ。おまえもすみやかに、忠太を解き放て」

「何を血迷ったことを……わしは何も報告は受けてはおらぬぞ。火刑中止のお沙汰をいただいたのならともかく、上様の裁可をないがしろにしろとは、お上にたて突く反逆の輩と見た。斬れ、斬って捨てろ」

将監が言い放った。

刹那《せつな》、一斉に供連れの与力同心が刀を抜き放った。

札持ち、幟持ちなど、下層の男たちは、悲鳴を上げて一方に逃げて行く。

「藤七、今だ。忠太を頼むぞ」

「はい」

藤七は、片隅で放り出されてうなだれている忠太をめがけて走って行った。

十四郎は、静かに刀を抜いた。

対峙した十四郎と将監たちの間には、いつのまにか黒い闇が、静かに忍び込んでいた。

荒れ果てた大地には、海から吹き寄せる風が、ひゅうひゅうと悲しげな音をたてて吹き抜ける。

藤七が忠太の縄を解き放ち、街道の方に走り下りたのを見届けて、十四郎は、じりじりと回って、海の風を背にして立った。

その時、十四郎の左手に回った同心が、斬り込んで来た。

十四郎はすばやく身を反らし、その同心の刀を叩き落とした。

がしっ、という音が刑場にこだまして、あっちの木、こっちの木に止まって様子を窺っていたからすが、一斉に飛び上がった。

かあかあと鳴きながら、十四郎たちの頭上を回り始めた。

その異様な情景に、さすがの将監の配下たちも、一瞬ひるむ。

十四郎は、この時とばかりに、凄まじい勢いで踏み込んだ。

まず、前面に構えて立つ与力の頭上に飛び上がって、一太刀振り下ろし、横手にいた与力に襲いかかって、胴を薙いだ。

「うわっ」

与力たちは、声を上げながら十四郎の剣を躱すが、その拍子に均衡を失った前面の与力が、つんのめった。

鈴ヶ森の大地は、荒れるがままの肌を見せて、大小の穴や石ころが、礫や火罪を執行した名残《なごり》をとどめ、足場をいっそう悪くしていた。

それが、与力の足を奪った。

十四郎はすかさず、つんのめった与力の背中に満身の力で刀を振り下ろした。

与力の野羽織は真っ二つに割れた。同時に、そこから血がふき上がった。

与力は、一瞬後ろを向いて凄惨な顔を見せたが、次の瞬間、足元を覆った薄闇の中に、音をたてて落ちた。

「斬れ……斬れ」

将監は、叫びながら、後退《あとじさ》る。

その将監を庇うように、横手から同心が突っ込んできた。

十四郎は、その剣を撥ね上げると、同心の首元を斬り下げた。

同心は一度は躱したかに見えた。だが、次の十四郎の一撃は、跳びさがろうとしても躱し切れず、同心の太ももはしたたかに斬れていた。

同心は尻餅をつき悲鳴を上げながら、小刀を抜いて振り回した。

――止《とど》めを。

十四郎は、同心をきっと見下ろすと、その胸に切っ先を突き立てた。

すぐに、取り巻いている将監たちに振り返る。

激しい十四郎の剣さばきに、残った将監の部下たちは、恐怖の色を浮かべていた。

刀は構えているが、もはやみな、及び腰である。

「馬鹿な闘いはやめろ。刀を引け」

十四郎が言った。

将監の配下たちに、迷いが走る。

「ええい。腰抜けどもめ。わしが相手だ」

将監が羽織を脱ぎ捨てて、刀を抜いた。

将監は薄笑いを浮かべていた。

腹に一物《いちもつ》ある笑いだった。

いや、それとも捨て鉢になった笑いか——。

十四郎が、将監に体をぴたりと向けた時、将監の笑いは、はっきりとした笑いになった。

そして、突然、将監は言った。

「金を欲しければ金をやる。仕官をしたければ推薦するぞ。わしと組まぬか」

「断る」

十四郎が怒気を含めて答えた時、将監がスッと笑いを消して撃ち込んできた。

十四郎も足を踏みかえ飛び込んだ。

二人の体が一瞬交差したかに見えた時、将監は肩を押さえて蹲《うずくま》った。

その喉元に、刃を突きつけた十四郎、

「斬るのはたやすいが、おまえは裁きを受けねばならぬ」

冷然と言い見下ろした。

その時である。

蹄《ひづめ》の音が近付いてきた。

懐に真っ白い奉書《ほうしょ》を挟んだ目付を先頭に、松波、金五、それに町奉行所の同心数名が馬に乗って現れた。

「石川将監、上意」

目付が、奉書を将監の頭上に突き出して見せた。

「富田屋、仙蔵、ならびに一味の者たちは、すでに捕縛され白状しておる。火事を引き起こし、罪を善良な町人になすりつけて、己は富田屋と結託して暴利を貪《むさぼ》っていたことは明白である。神妙になされよ」

目付の声が、刑場に凛々と響く。

その、目付の後ろに、金五と松波が泰然として立っているのが見えた。

——すすり泣きが聞こえる。

と、十四郎は振り返って、薄闇に目を凝らした。

そこには忠太が、藤七と並んで膝をつき、絞り出すような声を上げていた。

第四話　月あかり

一

「ありがとう、十四郎様」

万吉は、自分の背丈の倍以上はあろうかと思われる笹竹を持ち、振り返った。

「それでいいんだな」

室町《むろまち》通りに臨時に店を出した、笹竹の立ち売りの店だった。

十四郎は代金を払いながら念を押した。

寺入りしている女の手紙を親元に届けての帰りだった。

ついてきた万吉が、お登勢から、帰りに笹竹を買ってくるように言われているのだと言い出して、それならと一緒に選んでやったのである。

江戸の七夕《たなばた》祭りはたいへんな賑わいである。

商売繁盛を願って商店も軒並み屋根よりはるかに高く笹竹を競って立てるし、吉原《よしわら》などの遊興の地も、七夕の日を狙って特別の趣向を凝らして客を呼ぶと聞いている。

町人たちばかりか武士たちも同様で、大名ですら御三家以外は、前日の六日には白帷子《しろかたびら》で七夕のご祝儀を献上し、七日にはお祝い出仕で列を連ねて登城する。

もちろん大奥も例外ではない。

府内はこの時期七夕一色、幼い子供が浮かれない訳がない。

万吉は、晴れやかな顔で、笹竹を肩に担いで歩き出した。

本人は担いでいるつもりだろうが、笹竹のてっぺんが、万吉の背中から下に向かってたわわに垂れて、地面に届きそうである。

「俺が持ってやろうか」

十四郎は、得意げにしこを踏むようにして歩く万吉の後ろから、声を掛けた。

だが万吉は、

「いいよ。おいらが持つ」

頭だけ振り向けて言う。

「そうか。気をつけろ」

十四郎は言い、横に並んだ。

「十四郎様、おいら、七夕様のお祭り、大好きなんだ」

「そうか、大好きか」

「短冊《たんざく》に願い事を書くんだ、おいら」

「ほう。万吉も字が書けるようになったんだな。お登勢殿のおかげだ。して、なんと書くんだ……分かったぞ。おまえは独楽《こま》を欲しがっていたな。そうか、独楽を欲しいと書くんだな」

「そんなこと書かないよ、おいら。もっと大切なことを書く」

「教えてくれ、何だ……」

苦笑して興味津々に聞いた時、万吉が突然立ち止まって俯いた。

「どうした……」

十四郎は腰を折って、万吉の顔を覗いた。

万吉は、悲しげな表情をして、口を引き結んでいた。

おやっと、思った。

「言いたくなければ言わなくてもいいんだ」

するとと万吉は、

「おいら、浅草寺の境内で、ずっと昔お登勢様に拾われたんだ。だから、おとっつあんとおっかさんの顔、忘れたんだ」

「そうか、おまえは、おとっつあんとおっかさんに会いたいのか」

十四郎は、腰を伸ばすと、万吉の頭を撫でてやった。

幼い胸にも屈託《くったく》があるのだと、改めて思い知る。

万吉の年頃なら、まだまだ母に甘え、父を頼りにしたいにきまっている。

橘屋では常に笑顔を絶やしたことのない万吉が、しかし一方で、ずっと父母への思慕《しぼ》を持ち続けていたなどと、十四郎は考えてもみなかった。

「おいらは、橘屋で幸せにくらしている。だから、一度だけでいいんだ。おっかさんとおとっつあんに会えるのは」

万吉はそう言うと、駆け出した。

「危ないぞ」

十四郎が叫ぶ。

すると万吉は、立ち止まってくるりと向いて、腕で両目を強くこすると、

「おいら、先に帰ってるよ」

元気な声を返してきた。

「分かった。気をつけろ、転ばぬようにな」

「はい」

万吉は、人込みの中をすいすいと縫うように駆け抜けて、笹のてっぺんが穴蔵に入る動物の尻尾のように一瞬見えたのを最後に、十四郎の視界から消えた。

その時であった。

「十四郎……塙十四郎ではないか」

通り過ぎた托鉢《たくはつ》の坊主が振り返って言った。

——はて、誰だったか……坊主に知り合いはない。

戸惑いの顔で見返した十四郎に、托鉢坊主は近付いて、被っている網代笠をぐいとあげ、僅かに白い歯を見せた。

痩せてはいるが、日焼けした顔、精悍《せいかん》な顔立ちで、頬の張った、目の鋭い男だった。

見覚えはあった。

急いで記憶を手繰《たぐ》り寄せ、

「おぬしは……」

目を瞠った十四郎に、

「ようやく分かったか、御徒組《おかちぐみ》にいた菅井《すがい》だ。菅井数之進《かずのしん》だ」

「菅井さんか、いや、これはしたり」

十四郎は、つい大きな声を出し、頭を掻いた。

菅井数之進も築山《つきやま》藩の定府《じょうふ》の者で、親の代から御徒組に属していた。

出仕は十四郎より二、三年早く、年齢も十四郎より少し上だと記憶しているが、家禄は十四郎の家よりはるかに少ない五十俵三人扶持だった。

十四郎の父親は、最後は勘定組頭で、百五十俵を賜っていたから、当時は身分の差は歴然だったが、それも浪人になってみれば、なんということもない。

ただ、定府の者や江戸詰めの者たちには、家禄に上乗せして役高が二十俵ほどついていたから、菅井の家も実質七十俵ぐらいにはなっていた筈だ。

しかし菅井もまた、十四郎と同じく築山藩が改易《かいえき》になった時、無慈悲に放逐《ほうちく》されて浪人となった身であった。

改易されれば藩士は浪人になる。まあそれは当たり前だが、無慈悲というのは、藩は何がしかの配当金も藩士に渡さなかったのである。

蓄えていれば一時凌《しの》ぎもできただろうが、多くの藩士はそんな余裕などなかった筈だ。

蓄えどころか、藩が潰れるずいぶん前から、俸給《ほうきゅう》の借り上げを藩主から言い渡され、まともに禄を貰ったことはなかったから、下級の者の台所は火の車だった。

藩邸内で内職をする者たちが続出して、何度も上から注意を受けたが、それでは食っていけないから、皆隠れて内職をやっていた。

こうして同藩の者に出会うと、走馬灯のように当時の事が偲ばれる。

菅井は、驚きながらも再会に喜色を見せた十四郎に、突然遠慮のないことを言った。

「おぬしも、やはりまだ浪人をしておるのか」

「そうだ。はじめのうちはいろいろと手を尽くしてみたが、このご時世だ。どの藩も新規の雇い入れには二の足を踏む。もう今ではすっかり諦めて、この通りの浪人暮らしだ」

「それならどうだ。ちょうどいい、俺の話を聞いてくれぬか」

菅井は急に険しい顔を作って言った。

「まずは、再会を祝って一献……」

菅井は、酒が運ばれてくると、十四郎と自分の盃になみなみと酒を注いだ。

坊主かと思っていたら、網代笠をとった菅井の頭は総髪だった。

いぶかしく見た十四郎に、菅井は飲みながら話そうと言い、ぐいぐい盃を空けた。

「おぬし、坊主ではなかったのか」

苦笑して聞いた十四郎に、菅井は、

「組頭だった神岡《かみおか》さんが死んだのを聞いているか」

突然別の話を始めたのである。

組頭の神岡とは、菅井の組の御徒組の上役のことで、十四郎とは直接関係はなかったが、藩邸内では時折見掛けたし、温和な人柄だったような気がする。

「いや、知らぬ。昔の皆さんとはとんと会わぬ」

十四郎は、昨年、妻の薬代を借りたばっかりに、悪に手を貸し、十四郎と撃ち合って命を落とした加納喜平次《かのうきへいじ》の事は告げなかった。

「そうか……俺は掛川《かけがわ》の宿で神岡さんに会った。会ったというより、宿場のやくざな者たちになぶり殺しにされかけたところへでくわしたのだ。宿場役人が駆けつけて来て喧嘩はおさまったが、すでに神岡さんは虫の息だった。俺は、すぐに近くの宿につれていったんだが、まもなく息を引き取った」

「そうか……」

「どうやら妻女とは離縁して、仕官を求めて諸国をさまよっていたようだが、仕官の口どころか、つまらぬ奴らに殺されてしまったのだ」

「……」

「原因は、立ち寄った飯屋の代金が不足して、それを店の者が宿場を差配するやくざに告げ口したらしいんだ。それで殺された。あの神岡さんが、たった一杯の飯代で殺されたのだ」

菅井は悔しそうな顔をして言った。

聞いている十四郎も、ひとごととは思えぬ悔しさが、先程から胸の中を静かに覆い始めていた。

糊口《ここう》をしのぐ術のない浪人は、最後は神岡のような道をたどるしかない。

世の中は爛熟の時代だという者もいるが、その実、泡のような景気風に惑わされているだけだ。どの藩も台所は逼迫《ひっぱく》していて、仕官を願う浪人者には住みにくい世の中になっていた。

それが証拠に、御府内には浪人や無宿者が溢れている。

神岡はそれを悟って府内を離れ、別の地で仕官を願ったのだろうが、いずれの藩の国元も、もっと厳しい状況にあるのは間違いなかった。

藩が潰れて放逐された浪人たちは、よほど機転をきかした得意技でも披瀝《ひれき》しなければ、仕官は叶わぬという事だろう。

「浪人は死ねと言われているようなものだ」

菅井は憎々しげに言った。だがその後で、

「しかし、抜け道がない訳ではない」

十四郎をじっと見た。

「何と言……仕官の道はある……そう言われるのですか」

十四郎は、俄かに降り出した雨にちらっと目を遣ると、鋭い目で見詰めてきた菅井に尋ねた。

十四郎たちが入った飲み屋は、川幅二間ほどの藍染川に架かる橋の北側の川筋に沿って建てられていて、十四郎たちが座っている店の一階の小座敷は、障子を開けると目の前に川が流れ、そこに雨が吸い込まれるように落ちていた。

川は、手を伸ばせば届きそうな距離にある。

そこに長さ二間ほどの板橋が架かっていて、藍染橋と呼ばれているらしいのだが、雨足に追われて駆け過ぎていく者たちの、下駄や草履の慌ただしい足音まで聞こえてくる。

万吉は、雨に降られないうちに橋屋に帰りついただろうかと、十四郎は雨に目を遣りながら考えていた。

藍染橋も藍染川も、なぜかひどく哀しみをたたえているように十四郎には見えた。

菅井に目を戻すと菅井は、この店はなじみの店だと言い、すぐ近くの紺屋町《こんやちょう》の裏店に妻と暮らしているのだと、十四郎に告げた。

だが菅井は、神岡の話を終えてようやく自分の托鉢姿は仮の姿で、人の目を避けるためのものだと言った。その目は十四郎の表情を窺っているようだった。

そうして、仕官の話を持ち出したのである。

だがすぐに、

「ただし、これには条件がある」

もってまわった言い方をした。

「条件……」

「つまり、ある仕事の成功報酬が、仕官に繋がるという事だ」

「なにやら、きな臭い話ですな」

十四郎は苦笑した。

だいたい、妙な話だと思っていた。

仕官うんぬんを言う菅井が、托鉢坊主に身をやつして、世間の目を逃れようとしているのだ。うさん臭いなと直感していた。

神岡の話が出たのも唐突だったが、それはこれから打ち明ける仕官話に必要な前段の話だったのかと、十四郎は解釈しはじめていた。

俄かに、目の前にいる菅井が危険な男に思われてきた。

十四郎だって仕官の話には興味はある。あわよくば乗りたい。

だが、あやうい話に乗るつもりはない。

「悪いが、そういう事なら、私はこれで退散しよう」

十四郎は腰を上げた。

すると菅井は、組んでいた腕を解くと、

「仕官はともかく、話を聞けば、おぬしは黙ってはおれなくなるぞ」

にやりと笑った。

「どういう事だ」

「俺たちがこんな暮らしを余儀なくされた原因を知れば、おぬしだって、じっとはしておられんという事だ」

「さあ……俺には何のことを言っているのか考えが及びませんな。とにかく、せっかくだが、話は聞かなかったことにします」

菅井に背を向けた。

「おぬし、築山藩がなぜ改易になったのか、知りたくはないか」

十四郎の背に、強烈な言葉が飛んできた。

一瞬、十四郎は立ち止まった。だが、そのまま踏み出した。

すると、菅井の声が、また飛んできた。

「気が変わったらこの店に来てくれ。いや、おぬしは、きっと来る」

菅井の声には、自信が見えた。

嫌な人間と会った。心底そう思った。

降り出したばかりの雨の中へ、十四郎は後ろも見ずに踏み出していた。

二

「ご容体《ようだい》はいかがでござった……」

慶光寺の庫裏で待機していた十四郎は、方丈の方から戻ってきた柳庵とお登勢に尋ねた。

今朝突然、万寿院が病に臥せったと聞いて、飛んできた。

先ほどまで金五も一緒に座っていたが、寺務所の手代が呼びにきて、引き上げたところだった。

駆け込みをして修行中のおつるという女が、新しい茶を運んできて三人の前に置いて引き上げると、柳庵が言った。

「お熱は高いが、夏風邪でしょう。お薬湯を差し上げましたので、明日には熱は下がるはずです」

――よかった。

柳庵がそういう診立てなら、まず心配はあるまいと思った。

お登勢の顔も、ほっとしたように見えた。

「十四郎様。わたくしは今日はこちらで万寿院様の看病をさせていただくつもりです。申し訳ありませんが、駆け込みがあっても困りますから、橘屋に泊まって下さい」

「承知した」

十四郎が頷いて立ち上がると、柳庵も「私も今日はこれで失礼します」と席を立った。

「明日また参ります。お薬湯を飲んでいただき、体はあたたかくしてさしあげて下さい。しかし額は冷やしてさしあげて結構です。汗がたくさん出てきますから、頃合をみて肌着を替えてさしあげるのがよろしいでしょう。まあ、まず大事はないと存じますが、何かあったら知らせて下さい。今日は往診には出ないでおりますから」

柳庵は、てきぱきとお登勢に指示した。

「もともと、それほどお丈夫な質《たち》ではございませんな」

柳庵は庫裏を出て、十四郎と肩を並べて歩きながら、そう言った。

「お子が授からなかったのも、そのせいかもしれません。たしか浚明院《しゅんめいいん》様（十代将軍家治）の晩年三年間ほどをご一緒に過ごされたようですが、男子をご出産あそばされておれば、今ごろは将軍のご生母様、このようなところで過ごされることもなかったでしょうが……」

「うむ……浚明院様がお亡くなりになられたのは、確か五十前後とお聞きしているが……」

「そうです。当時浚明院様には、ご正室の閑院五十宮倫子《かんいんいそのみやともこ》様、そのお子の千代姫《ちよ》様、万寿姫様、側室お品《しな》の方様と、そのお子の貞次郎《じょうじろう》様、同じく側室お知保《ちほ》の方様のお子で、次期将軍と目されていた家基《いえもと》様もみな、ご逝去あそばされておりました。浚明院様のお近くには、五十近いお知保の方様お一人が残るばかり、そういうところへ万寿院様はご奉公にあがられたのですから、浚明院様のご寵愛《ちょうあい》もひとしおだったとお聞きしていますが、ご運がなかったのでしょう」

「万寿院様は、その時、お幾つだったのだ」

「十八歳と聞いています」

「十八……」

「なんでも、今は楽翁と名乗られておいでの松平越中守定信様のお屋敷に家治将軍がお成りになった折、ご奉公されていた万寿院様に、お目を止められて、それで大奥にあがったのだという事ですから……」

「ほう……とすると、僅か二十一歳そこそこで、未亡人におなりになったのか」

「そういう事です」

お登勢も若くして亭主を亡くしている……と思った。

夫を亡くした妻の悲しみは、十四郎には計り知れないが、ただお登勢には、橘屋を夫にかわって守っていくという役目が残されていた。

橘屋はただの旅籠《はたご》ではない。駆け込み寺慶光寺の寺宿として、多忙《し》を極める。

しかも体を張ってのお勤めで、一日たりとも気の抜けない生活を強いられる。

お登勢は、悲しみに浸る暇などなかったに違いないが、反面、亭主を亡くしても、生き甲斐はあったと言える。

だが万寿院様は、二十一歳で未亡人になってから、慶光寺の主となっておそらく二十年以上を寺の中で過ごされている。

今はともかく、若いうちの悲しみと心細さはいかばかりであったろうかと、ふと思う。

所生《しょしょう》（将軍の子）のある側室は、ご生母として敬われ、大奥に残って大勢の女中にかしずかれて余生を送る。

正室も、たとえ側室所生のお子が将軍を継いだとしても、嫡母として大奥に君臨することができる。

ところが所生のない側室は、尼となり、桜田《さくらだ》御用屋敷か芝《しば》の御用屋敷（比丘尼《びくに》屋敷）で、生涯、外に出されることもなく、亡き将軍の位牌を守って一生を終えるのである。

将軍亡き後の若い側室の生活は、気の毒というほかない。

それに比べれば、慶光寺の主となった万寿院様は、救われたのではないかという気も、十四郎にはしているのである。

「慶光寺の主に万寿院様をご推薦されたのは、楽翁様か」

十四郎は、だから楽翁は、慶光寺が抱える事件に積極的にかかわって援護してくれるのではないかと思った。

すると、柳庵は、

「そのようです。もともと、万寿院様は、ご自分のお屋敷から大奥にあがられたお人ということもあるのでしょうが、ずっと、万寿院様を守ってこられたのは楽翁様だといわれていますよ」

――なるほど、そういうことか。

納得がいったと、十四郎は思った。

なにしろ、これまでの楽翁の慶光寺への、ひいては橘屋へのかかわり方には、ただ後ろ盾になっているというだけのものではない熱心さを感じていた。楽翁は、万寿院に対して、ある種の責任を感じているのかもしれない。楽翁の人柄がうかがえる話であった。

十四郎は、慶光寺の境内に茂る木々の中を、柳庵と並び、涼風を体に受けて、ゆっくりと歩を進めていた。

すると、柳庵が急に立ち止まって、

「十四郎様。これは他言されては困りますが、私は、万寿院様はお子をお産みになったことがあるのではないかと、考えています」

「ほう、何かそのようなおしるしでもあるのか」

「いやこれは私の想像ですが……十四郎様は慶光寺でお子を産んだお筆のことを覚えていますね」

「忘れる訳がない。ついこの間のことだ」

「あの折、万寿院様は、ご自分が書き留められていた『育養書』をお筆にと、お登勢殿に渡されましたが、その時、育養書にお守りが挟んでありました」

「ふむ」

「あのお守りですが、今日、お脈を拝見した時に、寝間着の胸元からこぼれ落ちまして、私が拾ってさしあげましたが、あれは、子安《こやす》観音のお守りです」

「子安観音……」

「子安観音はこの江戸では高輪の宝蔵寺《ほうぞうじ》とか目黒明王院《めぐろみようおういん》の子安観世音《かんぜのん》などが有名ですが、全国にもあちらこちらにあるようです。安産祈願と、生まれた子の行く末を願って頂くお守りですから、まったく、身籠もったことのない人が持つお守りではありませんよ」

柳庵は、万寿院の過去に隠された事情があると言わんばかりの口振りだった。

万寿院の過去に何があろうと、十四郎たちには関係のない話だが、お守りの話には興味があった。

それというのも、あの折、つまり育養書を万寿院からお登勢が渡された時、十四郎も側にいて、そのお守りはこの目で見ている。

お守りは錦の袋で、赤い地色に羽を広げた白鷺が刺繍してあったが、十四郎が幼い頃に肌身離さずつけていた物と絵柄が似ていて、びっくりしたことを思い出す。

十四郎は万寿院を雲の上のお人だと思っていたのが、あれを見てから、非常に近しい人だと思うようになっていた。

「そう言えば、俺も幼い頃に母に持たされていたな。俺のお守りには桜貝《さくらがい》が入っていた」

「子安貝ではなくて桜貝ですか」

「一寸弱の桜色をした二枚貝の一方が入っていた」

「それはきっと、私が考えますに、一方を母御が、そしてもう一方を子が持つようになっているのではないでしょうか。ちなみに子安貝は二枚貝ではありませんから、巻貝ですから」

　と言った柳庵は、

「そう言えば、万寿院様のお守り袋に入っていたのも、桜貝だったのかもしれません。手に触った感触といい、大きさといい、子安貝ではありませんでした」

「それが本当なら奇遇《きぐう》だな」

　十四郎は、まんざらでもない気分になった。

「ひょっとして、十四郎様のお母上と万寿院様は出生《しゅっしょう》の地が同じなのかもしれませんよ」

「俺の母は江戸者だ」

「おかしいですね。子安貝は黒潮が運んでくる貝ですから、例えば北国などでは手に入りにくい。そこで、子安貝の代わりに桜貝という事もありうるでしょう。江戸だと子安貝ですよ」

「ふむ……しかし柳庵、よく何でも知っているな」

感心してみせると、柳庵はふふふと笑って、

「十四郎様、私は医者でございますよ。だから、そういったお産に関するいろいろな話も知っていなくては務まりません。懐妊した女たちは不安で一杯ですからね、子安貝はどこのが霊験《れいげん》あらたかでしょうかなどと、この私に聞いてくるのですから……」

柳庵は、楽しそうに笑った。

「でもまあ、私は、万寿院様が、過去にお子をお産みになったご経験があるほうが、なんだか救われるような気が致します。ほんのひとときでも、女の幸せを感じられたのですから」

「そうかな」

「そうですとも。私だって女だったら、きっと、お慕いしているお方のお子は産みたいと思いますよ」

柳庵は、まるで自分が女であるような口振りで言い、にこっと十四郎に微笑みを投げて来た。

十四郎は、ぎょっとして、足を速めた。

「十四郎様、冗談ですよ、冗談……まったく、なんでも本気にするんだから……」

柳庵は、慌てて追いかけて来た。

——はて……。

十四郎は、目の前にある柳行李《やなぎごうり》二つを並べて思案していた。

一つには父母の遺品の着物二枚と、自身の衣類が入っているが、一方にはいわゆる、がらくたがほうり込んである筈である。

十四郎の持ち物はこれで全部で、父の死後藩邸を出て母と二人で長屋に落ち着いた時には、長持《ながもち》や小簞笥や鏡台などもあった訳だが、仕官も叶わぬままに苦しい家計が続き、母は道具も着物も、竹の皮をはぐようにして質入れしたのであった。

おかげで、初めのうちは部屋一杯に場所を占めていた物が次第になくなり、今はすっきりしたものである。

それでも十四郎は、母と父の着物一枚ずつと仏壇は、どんなに苦しくても手放さずにやってきた。

父や母の匂いのするものを、手近に置いておきたいという切ないものがどこかにあった。

まあ、がらくたは質にも出せない物ばかりで、自然に残ってしまったというべきだろう。

そのがらくたの入った行李の蓋を取ろうか取るまいかと、十四郎は目の前に行李を置いて迷っていた。

いったん蓋を開けて、中のものをひっぱり出すと、また片付けねばならない。それが面倒なのである。

だが、昨日柳庵に、子安観音の話を聞いた時から、昔自分が肌身につけていたお守り袋が懐かしくなった。

いい年をしてと人に知られたら笑われそうだが、やはり母との繋がりを思えば懐かしい。

今日昼頃、お登勢が万寿院の容体が落ち着いたと言い、橘屋に戻ってきて、十四郎もいったん長屋に帰ってきたが、橘屋からの帰路、ずっと頭にはお守り袋の話がひっかかっていた。帰ったらさっそく探してみようと思ったのである。

だが、いざ行李を目の前にすると、後の片付けが頭を過って億劫《おっくう》になる。

――いや、やはり……。

十四郎は、行李の蓋を開けた。

すると中には、着物の端切れや、破れた提灯、風呂敷、筆、硯《すずり》、扇子、花器などが、一目に見えた。

母の文箱《ふばこ》、それに懐かしい弁当行李もあった。

弁当行李で父を思い出した。

母がつくってくれた弁当を持って、父と二人で釣りにでかけた日の事がよみがえってきた。

さらに中を覗くと、一尺四方の紙箱があった。

蓋をとると、産着《うぶぎ》や独楽や凧《たこ》などが入っていて、それに混じって、十四郎が手習いをした時の手跡《しゅせき》まであった。

――母上……。

胸が熱くなった。

母親が亡くなっても、一度も開けたことのなかった行李、入っているのはがらくたばかりだと思っていたが、箱の中には父母との思い出が詰まっていた。母は、たとえがらくたとはいえ、後で十四郎が一目で分かるように整理してくれていたのである。

十四郎が母の思い出に浸りながら、更に奥に手を入れた時、

——あった。

汗が染みつき、手垢の跡のある、擦り切れた錦の袋のお守り袋が、箱の隅に仕舞われていた。

袋の絵柄は、やはり赤い地色に白鷺が羽を広げて、万寿院の持っていたあのお守り袋と同柄のものだった。

——しかしなぜ、万寿院様と同じものが……。

不思議な縁を覚えながら、お守り袋を掌に置いた時、

「ごめん」

戸口で声がした。

慌てて、お守り袋を箱に戻して行李を隅にやり、三和土《たたき》におりた。

戸を開けると、あの菅井が立っていた。

「菅井さん」

菅井はぐいと家の中に入ってきた。

うむをいわさぬ気迫が窺えた。

だが、十四郎はきっぱりと言った。

「この前の話なら、帰ってくれますか」

「まあ、いいではないか」

菅井は、十四郎を押し退《の》けるようにして、上がり框に腰を掛けた。

この男は、俺より少々年が上だと思ってか、不躾《ぶしつけ》な奴だ。こんな男には茶も出すまいと即座に決めた。

すると、

「好きだと思ってな。持ってきた」

懐から瓢《ひさご》を出して、十四郎の前に置いた。

「すまんが、茶碗を貸してくれ」

と言う。

「家に帰って飲んでくれ、俺はいらぬ」

思わず手が伸びそうになるのを我慢して言うと、菅井は、黙って懐に瓢を仕舞い、冷たい笑みを浮かべて言った。

「築山藩は、ある御仁の横槍で潰れたのだ。むりやり、築山藩は改易となったのだ」

「馬鹿な……」

「だったら聞くが、上役は、改易になる確固とした理由をわれわれに伝えたか……そうではなかった。われわれは突然申し渡されたのだ。曖昧模糊《あいまいもこ》とした理由で、違うか……」

「………」

「それ見ろ……われわれ軽輩の者は何も聞かされてはおらなんだ」

「じゃあ、なぜ改易になったというのだ」

「国元の騒動が原因だったが、改易となるほどのものではなかった。ところが、先の老中松平定信の一声で、藩はお取り潰しと決まったと聞いた」

「いいかげんな事を言うな」

「信じたくなければ信じなくてもよい。だが俺は、信頼できるお方から聞いた。奴はいま楽翁などと名乗って隠居を決め込んでいるが、その実は、老中を退いた時から心を同じくしていた大名を、幕閣の主要な位置に据えて、ずっと目を光らせているという。上様は今は女色と酒に浸ってご政務どころではないらしい。だから楽翁のような人間が影の実力者のままでいるのだ」

菅井の言葉は自信に溢れていた。

まさかとは思うが、菅井の言うとおり、楽翁は隠居の身だが、その力の絶大なることはこの一年、橘屋の事件にかかわってきた十四郎には、よく分かる。

菅井は、凝然として見詰める十四郎に、築山藩お取り潰しの顛末を語った。

それによれば、築山藩は長年の累積赤字が膨らんで、二進《にっち》も三進《さっち》もいかない状態になっていた。

藩士からの借り上げも、一割が二割になり、それが三割にもなって、藩士は実質減給されたまま、内職に手を出していた。

藩が潰れる三年前、国元は大型の台風に襲われて、実りかけていた米はむろんのこと、他の農作物も軒並みやられ、藩は窮地に陥った。

そこで、国元の家老久喜次郎左衛門《くきじろうざえもん》が開墾《かいこん》奉行となって、城の後方に広がる大地を新たに田地にする計画を練った。

最終一千町歩《ちょうぶ》（三百万坪）にも及ぶ開墾が目標だった。

うまくいけば、そこから上がる収益は一万石近くになるという、築山藩五万石にとっては、壮大な計画だった。

ところが大地を起こしてみると、予想以上の石ころの土地で、せっかく耕しても、一雨降るとまた石ころが表面に出てきているといった、耕作にはしごく向いていない難関の場所だと分かった。

しかし既に、藩御用達の商人から五千両にも及ぶ借金を開墾のために借りていたため、石ころが多いという理由で、中止にするわけにはいかない状況だったのである。

結局、いつ田畑に整地されるか目途もたたないうちに年が明けた。

駆り出された百姓たちも、本来の田畑の世話がおざなりになるほどの使役を受けて、しかも目鼻のつかない開墾に駆り出され、翌年の作物の収穫は例年の七割方となり、更に困窮を極めていった。

台風で一年、使役で一年、二年も続けて不作となって、餓死する人たちが多数出て、逃散《ちょうさん》する者まで現れた。

そこで、久喜家老は使役を受けた村々の庄屋十三人を呼び出して、開墾地は作物ができるようになっても、しばらく隠田《おんでん》扱いにする。その間は、年貢も考慮するから、いましばらく励んでほしいと伝えたのである。

だが、この隠田扱いにするといった話が一人歩きしたのか、江戸家老の白石頼母《しらいしたのも》から、発覚すれば藩の存亡にかかわるという苦言があり、国元と江戸の家老との争いにまで発展した。

そして、この争いが、どこでどう漏れたのかご公儀に知れた。

それから、時を待たずして改易の沙汰が下ったが、その決定を下したのが楽翁だったのだと、菅井は言った。

「まことの話か」

十四郎はじっと菅井の顔を窺った。

「それが証拠に改易と決まった時、江戸家老の頼母様はお腹を召された。責任を感じたのだろう。それはおぬしも知っているな」

「ああ……」

頼母家老の切腹の裏に、そのような話があったとは、当時、思いもよらなかった十四郎である。

頼母は、父と母の仲人だった。それもあって、頼母家老の切腹を聞き、母と藩邸内の頼母の役宅に駆けつけた時、頼母の奥方は気丈《きじょう》にもこう言ったのである。

「夫白石は、自身の力不足で、藩士領民の皆様には、大変申し訳ない結果となったと申しておりました。どうぞ許してやって下さいませ」

母は貰い泣きしていたが、十四郎は意外な気がして茫然《ぼうぜん》と座っていた。

役宅を辞してから、本来なら藩主が謝るべきではないか。最高責任者は藩主だと反発したい気持ちになっていた。

「めったな事を申してはなりませぬぞ」

母にたしなめられて口を噤《つぐ》んだが、

——それにしても。

藩内の揉め事が、瞬《またた》く間に公儀に知れたというのは不運だった。

「しかし、藩お取り潰しに、楽翁様がかかわっていたとは限るまい」

と十四郎は言い、菅井を見詰めた。

だが菅井は、首を横に振って否定し、

「間違いない。楽翁だと聞いている」

「誰から聞いた」

「それは言えぬ。元幕閣に繋がるお人だ」

「……」

「そこでだ、十四郎」

菅井の顔つきがそこで変わった。いっそう険しいものになっていた。

「俺たちは、楽翁を討つ」

「何」

「俺たちから全てを奪った楽翁を血祭りにあげる」

「待て、俺たちとは、他にもいるのか」

「いる」

「同藩の者か」

「同藩の者は俺を入れて三名。他に三名の浪人だ」

「……」

「一緒に来ぬか。おぬしが入れば鬼に金棒だ」

「血祭りにあげて、後はどうするのだ。ただではすまぬぞ」

「仕官する」

「仕官、馬鹿な……どこへ仕官するというのだ」

「同意をすれば打ち明けるが、そうでなければ話せぬ。俺たちの命がかかっているからな」

「……」

「皆おぬしの加わるのを待っている。だからわざわざこうして足を運んできたのだ。その気になったら、あの橋の袂の店に来てくれ。連絡はつくように頼んでおく」

菅井はそう言うと、腰を上げた。

菅井が戸を開けて出ていった時、路地に巣くっていた薄闇から、密かに生暖かい風が忍び込んで来た。

風は、十四郎の胸の不安をまたたく間に誘い、やがて十四郎は、何かに急き立てられるように腰を上げた。

行灯に火を入れて、部屋の隅に蓋を開けたままになっている行李を見詰めた。

行李は、淡い灯の光の中で、塙家の転落を語りかけているように見えた。

藩が潰れ、不遇のまま最期を迎えた母が、そこに横たわっているように見えた。

妻の薬代を拝借したばっかりに、心ならずも悪の道にひきずりこまれ、十四郎と剣を交えて死んでいった加納喜平次の苦悶《くもん》の表情がそこに揺れているようだった。

そして、許嫁だった雪乃の顔が……。

親の仕官のために他藩の男のもとに嫁《か》し、十四郎が再会した時には身を売るまでに零落《れいらく》していた哀れな姿と、自害した青白い顔が浮かぶ。

いずれも、藩が潰されなければ、決して起きない出来事だったに違いない。

皆、藩から放り出され、世の荒波に翻弄されて、そして悲憤慷慨《ひふんこうがい》して死んでいったのではなかったか。

菅井の態度には悪感情を持った。

だが一人になってみると、自身の置かれた境遇への憤りは、心底にまだ燻り続けているようだった。

——俺は、哀惜《あいせき》に浸っている場合ではない。

と思った。

十四郎は、引っ張り出していたがらくたを行李に押し込んで、蓋をした。

三

「お武家様、お助け下さいませ」

押し殺した声がした。若い娘の声だった。

十四郎は立ち止まって辺りを見回した。

『心月院《しんげついん》』に身を寄せている、かつての築山藩江戸家老白石頼母の妻、うねを訪ねての帰りだった。

思ったより長話になって、新堀《しんぼり》川沿いの道を下る時には、陽の陰りは一帯を夕闇に染めていた。

新旅籠町《しんはたごちょう》に差し掛かった時、町屋の軒提灯にはつぎつぎと灯が入り、十四郎の足元を照らし、さらに横手を流れる黒い川面に落ちていた。

女に声を掛けられたのは、右方前方にゆうれい橋をのぞみ、手前には新旅籠町が広がる角だった。

ひょっとして空耳だったのかと、いったん止めた足を踏み出した時、

「お助け下さい。追われています」

今度は、背後の家の陰から、はっきりと聞こえてきた。

体をねじって、声のした方を見ると、紫の御高祖《おこそ》頭巾を被ったどこかの女中風の女が、暗闇からすいと出てきた。

「どちらまで行かれるのか」

「安全なところなら、どこへでも」

女は慌ただしく答えて、あっと小さな叫び声を上げた。

新堀川の対岸を、武家数人が血相をかえて走ってくる。

「追われているというのは、あれか」

「はい」

女は、十四郎の背に、身を隠すようにして言った。

「分かった。私から離れないようになさい」

十四郎は、そう言うと、ゆうれい橋を渡ってこちらに走ってきた武士たちの前に立ちはだかった。

「退いてくれ。その女、渡して貰おう」

武家の一人が言った。

なすびのような長い顔の男だった。

なすびは、すでに刀の柄を摑んでいた。

「往来で刀を抜くのか……人の迷惑も考えろ。しかも名も名乗らず、いきなりこの人を返せとは、無礼千万……」

言い終わらぬうちに、なすびが飛び込んできた。

十四郎は、女を庇いながら身を反らし、帯に挟んでいた扇子で、なすびの手首をぴしりと打った。

「あっ……」

なすびは刀を落とし、打たれた手首を押さえると、きっと見た。

一瞬、他の武家たちが怯んだ。

その隙をみて、十四郎は女の手を摑んで御蔵前《おくらまえ》通りに向けて走った。

「待て……」

武家たちは、どたどたと追っかけてくる。

十四郎は、御蔵前通りで煙草をふかして客待ちしていた、流しの駕籠かきに声を掛けた。

「おい、駕籠屋」

「へい」

「この人を、深川の慶光寺のご門前にある旅籠、橘屋まで運んでくれ」

刹那、武家たちが追いついてきた。

「だ、旦那」

駕籠かきは、怯えた声を上げ、たじろいだ。

「大事ない。俺が奴らの行く手は遮る。駕籠代ははずむぞ。急いで頼む」

「承知しやした」

威勢のいい声が返ってきた。

十四郎は、町駕籠に女を押し込み、武家たちの前に立ちふさがった。

柄に手をかけて、ずいと出る。

「ひ、引け」

武家の一人が叫んだ。

十四郎は、引き返していく武家たちを見届けて、柳橋《やなぎばし》に向かって歩いた。

まっすぐ家に帰ろうかと思ったが、女を橘屋に送った以上、深川まで足をのばさなくてはならなくなった。

——しかし、あの女は……追ってきた男たちは、いったい何者。

しばらく、さきほどの女と男たちのことが頭を掠めたが、瓦町《かわらまち》に入ると、緊張していた気持ちも解けてきたのか、町屋の屋根の上にそびえる笹竹が、暗闇に競うように揺れているのが目に入った。

賑やかな通りに出ると、先程の騒動が嘘のように思えてきた。

ふっと十四郎は、すっかり老女になっていたうねのことを思い出していた。

今日、十四郎が心月院を訪ねたのは、七ツ頃（午後四時）だった。

まだ陽の光も西方の空からふり注ぎ、千坪ほどの寺の境内にある高い木々や建物の片側には、長い影が尾を引いていた。

うねは、この心月院の庫裏に続く綺麗な離れに住まいしていた。

寺は、うねの父母の菩提寺《ぼだいじ》で、切腹した白石家老もここに葬られているのだと、うねは言った。

まだ七十には間がありそうで、足も腰もしっかりとしていて、訪ねていった十四郎を見て、目を細めて喜んだ。

鼠《ねず》色の小袖に、褐色の帯を締め、白い物が混じった髪は短く切って、元結《もとゆい》できりりと結んでいた。それがかえって襟の白さにも映え、

――美しい老女になられた……。

十四郎はそんな感慨を持った。

小坊主が茶を置いて退出すると、うねは、開け放たれた障子のむこうに広がっている寺の裏庭に目を遣って、

「気に入っているんですのよ、この裏庭……朝は小鳥が餌をついばみにくるんです。可愛い声で鳴きましてね。あの人も、このお寺で同じ鳥の声を聞いているのかと思うと……」

うねはそう言うと、口に手をあてて、ふふっと笑った。

うねは、一人になっても、その境遇を上手に受け入れて、静かに暮らしているようだった。

黙ってしばらくほほ笑んで聞いていた十四郎に、あら、忘れていました。何かご用があって参られたのではございませんかと聞いてきた。

「実は……」

十四郎は、膝を直して、まっすぐにうねを見詰めると、藩が潰れた時のいきさつをご存じなのではないかと聞いた。

「どうして、そのようなことを今頃お尋ねになるのでしょうか」

うねの顔が、一瞬にして固くなった。

「藩は改易されるほどの理由はなかった。幕閣に繋がる、さる御仁の横槍で潰れたのだという者がおりまして」

「はてさて……わたくしは夫からそのような恐ろしい話は、何も聞いてはおりません。もし聞いていたとしても、お話ししようとも思いません」

と、うねは苦笑した。

何か聞けるのではないか……と思っていた十四郎は落胆した。

「うね様。ご家老はなぜ切腹なされたのでございますか」

もう一度、促すように聞いてみた。

だがうねは答えず、立ち上がって縁側に出た。

「うね様」

十四郎は、もう一度その背に呼びかけた。

すると、うねは振り返って、

「十四郎殿、私は、藩が潰れたのは、ご公儀の思惑や政略というよりも、藩自体に問題があったのだと思っております。ただ」

と、そこに座って、ぎゅっと十四郎を見詰めてきた。

「他言無用に願いますよ」

「はい」

十四郎は緊張して、膝を直した。

「だからと言って、甘受《かんじゅ》できるものではありません。白石は冷酷な決定を下したご公儀に、異議を申し立てる、その一念で切腹したのです。一命を賭《と》して影の宰《さい》相《しょう》様に訴えました……。でも、何もかわりませんでした」

「やはり……」

十四郎は息を呑んだ。

だ。

突然、竜巻に襲われたような気がした。

築山藩は、押し寄せた旋風に、有無を言わせず枝葉をもぎ取られる立ち木のように、抗する間もなく根に土をつけたまま引き抜かれ、地上に叩きつけられたのだ。

胸が締めつけられるように痛い。

「こんな理不尽なことがあって良いものか……女の私でさえ、悔しい思いでいっぱいでした。ご公儀が、藩の改易や減封《げんぽう》を繰り返し、淘汰《とうた》した時代はとっくの昔に終わっております。今頃になって、築山藩のような小さな藩を潰しても、なんの利もなかったことは明白です。それを……」

うねはそこで言葉を切った。

きっと見返した十四郎に、

「でもね、十四郎殿。もし、あなたが思うところがあって、ここに参られたのなら、あえて申します。近頃、不穏な動きがあるようですが、過ぎた事に恨みを抱いて、軽々に行動するのはおやめなさい」

「うね様」

「私はね、今思えば、それが武士の世の中だと……そのように考えるようになりました。あなたは若い。後ろを振り向くよりも、前を見て進んでいってほしいと願います」

「……」

「この願いは、あなたの父上様、母上様のものと思って下さい」

うねはそう言うと、

「でも、あなたにお会いできてよろしゅうございました」

話題を変えてきた。

「あなたに初めて会った時には、こんなに小さくて、よちよち歩きして、可愛らしかったのですよ」

うねは、掌で当時の十四郎の背丈を計るようなしぐさをしてほほ笑んだ。

頬にあった険しい影が消え、初老の、優しい婦人の顔に戻っていた。

そして、しみじみと言った。

「年月の過ぎるのは早いものですね」

うねには子供がいなかった。

十四郎が訪ねてきたことを、我が子か孫がやってきたような、そんな気でいるようだった。

十四郎はふっと思い出して、母の出自を尋ねてみた。

すると、うねは、おやおや今度は母御のことをお尋ねか……と微笑して、

「あなたの母上は江戸生まれの江戸育ちでしたよ」

と言う。

「いや、実はあるお人と子安貝のお守りの話をしておりました時に、私が幼い頃つけていたのは桜貝だったと言いましたら、母の出自は北国の方ではないかと言うのです」

「いえいえ、江戸です。あなたの父上のご先祖様は、代々築山藩の者でございましたし……あなたのお母上のご先祖様も……そういえば、母上の父上、あなたのおじい様にあたられる方は上方《かみがた》でしたね」

「上方ですか」

「ええ。あなたのおじい様にあたるお方は、築山藩の京屋敷にお勤めでございました。山城《やましろ》国の方だったと思います。でも藩の経済事情が悪く京屋敷を閉めた後は、この江戸で定府の勤めとなり、所帯を持たれました。そしてあなたの母上が生まれたのです」

「そうですか。しかし、いずれにしても、父方は築山藩、母方は上方ですと、ま

ったく北国とは関係ございませんな」

うねは笑って、

「しかし、お子がいるという事はありがたい事でございますね。そうやって、いつまでも偲んでくれるんですもの……」

ふっと羨ましそうな目を向けた。

「いや、お恥ずかしい」

十四郎が頭を掻くと、

「それでよろしいのですよ、十四郎殿」

十四郎は苦笑した。

築山藩取り潰しの顚末を膝詰めして尋ねた十四郎が、一方では小さなお守り袋に心を揺らしている。

十四郎自身も多様な我が身の心の動きを不思議に思う。

だが、たとえ石ころであったとしても、母との繫がりを思えば、愛しいと思うのは、母が亡くなったからかもしれない。

万寿院のお守りの話から、思いがけず母への思慕をたどることになった十四郎は、次第に母がどこで授かってきたお守りなのか、知りたいと思うようになっていた。

母はあのお守り袋を「これは大切なお守りですからね」といつも十四郎に言い聞かせて持たせてくれていたが、さりとて、母が同じ袋を懐に忍ばせていたかというと、そうでもなかったような気がするのである。

柳庵の言う通り、桜貝は二枚貝で、母子が片方ずつ持つのだとすれば、一方のお守り袋はどこにいったのかと気に掛かる。

うねのところは、母の思い出話を最後に辞した。だが、歩いているうちに、十四郎の思いは再び築山藩改易をめぐって逆想し、出口のない、説明しようのない憤りに襲われていたのである。

そんな時に、見知らぬ女から、十四郎は助けを求められたのであった。


「私は、豊原伊予守《とよはらいよのかみ》様のお屋敷に奉公する者でございます」

十四郎が橘屋に出向くと、夕刻助けた女は美代《みよ》と名乗り、深々と頭を下げた。

「ほう……豊原伊予守とな」

十四郎が尋ねると、すかさず金五が、

「三千石のお旗本だ……そうだな」

皮肉った物言いをした。

お登勢は、万寿院を見舞いに慶光寺に走っていて留守だった。

かわりに金五が同席していた。

「金五、おぬし、その、豊原某を知っているのか」

「町場で乱暴狼藉をくりかえしている鼻摘《つま》み者だ」

「なるほど……で、逃げて参られた原因は何だ」

十四郎は、美代に向き直って聞いた。

「あのお屋敷は、恐ろしいお屋敷です。あんなところにもう一日だっていられません」

と、美代は怯えた目で十四郎を見返して、

「私、運悪く籤《くじ》にあたってしまいまして……」

と言う。

「くじ？……なんの籤だ」

「生け贄《にえ》にされる籤です」

「それはまた、物騒《ぶっそう》な話だな」

「言う事を聞かなかったら、殺されてしまいます」

「何」

「同輩のさとさんは、先月籤にあたって、それを拒んだために庭の杉の木に三日三晩縛られて、それで亡くなってしまいました。殿様は、親元には急病で亡くなったなどと申しまして遺体を引き渡したようですが、本当は殺されたのです。次は私の番かもしれない……びくびくして暮らしておりましたら、とうとう籤をひいてしまいました」

美代は、わっと泣き伏した。

「噂にたがわぬ御仁だな。親の代からお役につけぬ事でやけになっているのだろうて」

金五がまたいまいましそうに言った時、お登勢が藤七と戻ってきた。

お登勢はすぐに、泣いている美代の側に座り、

「美代さん。順を追って話して下さい。御縁があってこの宿に逃げてこられたあなたの事です。悪いようには致しません。お力になれるかもしれませんよ」

伏せている美代の背を撫でた。

「ありがとうございます」

美代は、縋るような目をしてお登勢を見上げた。お登勢が頷くと、膝を直して

言った。

豊原伊予守は、今年で三十五歳になる筋骨逞《きんこつたくま》しい男だが、それだけに暇を持て余し、女色と酒に浸る毎日、その犠牲に豊原の女中たちがなっている。

美代は江戸者で、豊原の家に出入りしている小間物屋から奉公にあがった身よりのない女だった。だからこうして思いきって逃げてくることができた。

だが、多くの女中たちは、信濃《しなの》国にある豊原の領地から連れてこられた者たちで、豊原の家で毎夜行われる酒宴の生け贄にされ、最後には府内の女郎屋に売られていくのだと美代は言った。

「逃げたくても逃げられない状態なのですね。お女中たちは……」

お登勢が聞いた。

「はい。御領地には親兄弟が住んでいます。逃げればその親兄弟に累が及びますから、言われるがままに、身を賭していくのです」

「けしからんな。しかし三千石といったって、毎夜の酒宴がよく開けるものだ。豊原の仲間とはどんな奴だ」

金五が膝を乗り出して聞く。

「酒宴に集まる皆さんは、お寺のお坊様とか、両替商の皆さんとか、他にも本業のほかに金貸しをやっている方々です」

「そうか……分かったぞ。豊原は自身の金の流用を金貸したちに託しているのだ。そうだろう」

「はい。その皆さんのご機嫌をとるために、女たちは利用されているのです」

「ますますけしからん。御目付はどこに目をつけているんだ。まったく……」

「あの、殿様は目付など怖くない。わしはそのうち偉くなるなどと申されて……」

「馬鹿な、あんな奴が偉くなれる訳がない」

金五が舌打ちするように言った。

だが、美代はそれを否定するような顔をして、

「それが……どこにお届けするのか存じませんが、あちらこちらにお届け物も頻繁になさっておられるご様子ですし」

「賄賂《まいない》だな。しかし、そううまくはいくまいて」

金五は、せせら笑った。

「金五、分からんぞ。賄賂の時代が再来したと言われて久しい。下級武士までお役は金で買うものだと思っているご時世だ」

「十四郎、ところが豊原という男は、親の代から田沼派の旗本だったと聞いている。いくら賄賂の時代が再来したといってもだ。まだ幕閣には、先の老中松平定信様の息の掛かった大名旗本がわんさといるんだ。奴の思うようになる訳がない」

「あの……」

美代が金五に声を掛けた。

「なんだ」

「それが、近頃殿様は、変なご浪人たちを集めまして、天下はもうすぐ我々のものになるのだと」

「まことか、それは」

十四郎が驚いて聞いた。

咄嗟に菅井の顔が頭に浮かんだ。

まさかとは思うが、菅井の一件と豊原の計略は……合致しない話ではないと思った。

「浪人たちの名は」

「分かりません。たびたび屋敷で見ております。でも、あの方たちがみえた時には、私たち女中は近付いてはいけないことになっていましたので……」

「奴らは誰かを襲撃しようとしているのかもしれんな」

金五が言った。

「誰かというより、楽翁様ではないでしょうか。楽翁様を亡き者にしてこそ田沼派は浮かばれますもの。他の幕閣を襲っても、また別の方がその席に座れば、田沼派の出る幕はございません」

お登勢は言い、頷いた。

十四郎は黙って二人のやりとりを聞いていたが、内心そうに違いないと思っていた。

お登勢は、すぐに美代を空き部屋に案内させた。

けっして橘屋から外には出ないように釘をさすことも忘れなかった。

そうしておいて、十四郎と金五に向いた。

「近藤様。豊原の屋敷の中のことですが、御目付に申し上げることはできますか」

「むろんだ。俺もそれを考えておった。実はな、おまえたちもうすうす感づいていると思うが、楽翁様がお忍びで、何度か寺に参られたことがあるんだが、万寿院様とはそうとう親しい間柄と見た。だからこそ、慶光寺やこの橘屋への手当ても厚い。楽翁様が襲われでもしたら、これは俺たちにとっても大変なことになるぞ」

金五は、お登勢や十四郎が、楽翁から強力な援護を受けていることまでは気づいていない。

だが楽翁が、慶光寺を手厚く庇護している事はやはり分かっていたようで、美代の話を見過ごすことはできないと思ったようだ。

「そうと決まったら……」

と、金五は腰を上げた。

だがそこに、じっと考えている十四郎を見て、

「十四郎、どうした。何を考えている」

「いや……」

十四郎は思案の顔を上げた。

「おぬし、まさか怖気《おじけ》づいたのではあるまいな」

「そうではない。いま一つ確かめたいことがあるのだ」

「何をだ……はっきりしてくれ」

いつもなら二の足を踏む金五が、強い調子で十四郎を促した。

「俺はおぬしには浪人の方をあたってみてほしいのだ。抜け駆けは許さんぞ」

金五はそう言うと、荒々しい足音を残して去った。

「十四郎様……何か屈託がおありですね」

お登勢が気遣うような顔で聞いた。

「うむ。実は、楽翁様のことについて、ちと気掛かりな事を耳にしたのだ」

十四郎は、菅井という元築山藩の男から、藩取り潰しに楽翁が関与していたという話を聞き、今調べているところだとお登勢に言った。

お登勢はじっと聞いていたが、顔を上げると、

「この一件、気が進まないようでしたら、手伝っていただかなくてもよろしいのですよ。いえ、橘屋ともこれっきりにしていただいても結構です」

まるで十四郎に挑戦するような口調で言う。

「お登勢殿」

「十四郎様。あなたもご存じのように、この橘屋が、ただの駆け込み宿ではなく、たいへんな難題をいままで解決してこられたのは、後ろに楽翁様がおられたからです。楽翁様を信じられないとおっしゃるのなら、辞めていただくほかございま

せん」

お登勢は、険しい顔で言った。

「何もそこまで言わなくてもよろしかろう」

十四郎はむっとなった。

楽翁の人柄はよく分かっている。だが、それとこれとは話は別だ。

俺の悩みが……俺が直面している苦しさが分かるのかと思った。

するとお登勢は、

「ご勝手にどうぞ。どうなさるのか、十四郎様にお任せします」

すっと席を立って出ていった。

十四郎も腹を立てたまま玄関に出た。

いつもなら声を掛けて帰途につくが、見送りに出てきたお民にも、無言で頷き返しただけで、橘屋を後にした。

「十四郎様。提灯をお持ち下さいませ」

お民が追っかけてきた。

「いらぬ」

振り返って言い、十四郎は暗雲に覆われた闇の道を、どんどんと仙台堀《せんだいぼり》に向かって歩いた。

ふっと振り返ると、お民がまだ提灯を持って立ち、見送っていた。

――大人気ない。

と、十四郎はおのが身を思った。

お登勢は当たり前の事を言ったまでだ。

それを、お登勢だからこそ、こういった時には分かってくれてもいいのではないかなどという気持ちがどこかにあった。

要するに俺はお登勢に甘えていたのだと、十四郎は踵を返すと、急いでお民の立つ場所まで戻り、

「お民、提灯はもらっていく。お登勢殿によろしく伝えてくれ」

お民の手からもぎ取るように提灯を取った。

「はい」

お民はほっとした声を上げると、

「お気をつけて……あ、これ、お登勢様の伝言ですから」

笑みを残して、橘屋に引き返した。

四

「十四郎、十四郎ではないか」

藍染橋の袂にある飲み屋の二階に、菅井の後からついて上がった十四郎を見迎えたのは、四人の薄汚れた浪人たちだった。

喜びの声を上げたのは、元築山藩の同僚で、御火之番《おひのばん》の梶川兵庫《かじかわひょうご》だった。

他の三人は見知らぬ男で、いずれもいつ洗ったのか分からぬような衣服を身につけており、総髪で、顎に剃刀《かみそり》をあてたのも遠い昔のような、むさ苦しい男たちだった。

菅井は、あと一人の同藩の者は仲間から抜けたと言い、梶川以外の三人の名をあげて紹介した。

そして、十四郎を突き出すようにして、

「紹介しよう。この男は、藩内でも一番の剣の遣い手だった。流派は小野《おの》派一刀《いっとう》流、名は塙十四郎だ。この男が加わってくれれば万力を得たようなものだ」

胸を張った。

男たちは、黙って頭を下げると、先から用意をしてあった酒を引き寄せ、円陣を組むようにして座った。

菅井が皆の盃に酒が満たされたのを見計らって、

「これが最後の会合となる。今日は存分にやってくれ。期日や場所については、まもなく殿様が参られるゆえ、その時に話そう」

皆の顔を、ひとりひとり見詰めるようにして言った。

それを合図に、男たちはぐいと酒を呷った。

大事を控えた緊張が、酒を呷った後の、互いに見合った顔の表情に窺えた。

「本懐《ほんかい》を遂げれば、後は仕官だ。長年の苦労がやっと報われる」

梶川は、感極まって、汚い袖で涙を拭った。

「待ってくれ。本懐はともかく、仕官の話は本当か」

十四郎が聞いた。

「話はしたではないか。まだ信用できんのか」

菅井が怒ったような顔をして言った。

「そういう訳ではないが、人斬り集団に、仕官させてくれる殿様が本当にいるのかと思ったまでだ」

一見したところ、とても仕官の声がかかるような人間たちではないと、十四郎は先程から思っていた。

梶川や菅井はともかく、他の三人の胡散臭《うさんくさ》さは、十四郎に不信感をあたえた。

だが菅井は、にやりと笑って、

「やはり仕官が気になるか」

と言った。

「うまい話には落とし穴がある。まして、楽翁を襲ったとなれば、ご公儀に刃を向けたと、逆に罪を問われて仕官どころではないかもしれんぞ」

十四郎は睥睨《へいげい》するように、一人一人を見据えて言った。

「塙殿、菅井さんの話では不服なのか。正義は俺たちにある」

梶川が食ってかかるように言った。

するとむさ苦しい浪人の一人が、ふっと笑って、

「言っておくが、俺たちは貴公たちの藩の潰れた原因など、どうでも良いのだ。仕官さえできればな」

と言う。

「ふむ……どこに仕官するのか聞いているのか」

「どこでもいい、できればいいのだ。菅井、この男は本当に仲間に入るのか」

男は怒って疑惑の目を向ける。

「では一つ聞きたいが、おぬしたちの雇主は、旗本豊原伊予守様ではないのか」

「十四郎、どうしてそれを……」

菅井が驚きの声を上げた。

「やっぱりそうか。菅井、もう少し慎重にした方がいい。豊原という男に利用されているのかもしれぬぞ。そういう事も考えておいた方がいい。俺はそれを言いたいのだ」

「じゃあおぬし、この話には乗らぬと言うか」

「いや、そうは言ってない。話を聞いていると、仕官という人参をぶら下げられて、それが目的で集まった烏合《うごう》の衆のように見えた。それが俺には気に入らぬ」

十四郎は立った。

「裏切るのか」

梶川が走り寄った。手に刀の柄を握っていた。

「よせ。ここに出向いてきただけでも、脈はあるという事だ。十四郎、よく考えてくれ。おぬしの仕官は俺が責任を持って取りつける。決行は二日後、七夕の日だ。待っているぞ」

背を向けた十四郎を、菅井の声が見送った。

「おお、参られたか。十四郎殿、お登勢と何かあったのですか」

万寿院は、方丈の広縁で、笹竹に短冊をつけていた手を休めて言った。

側には大奥から連れてきた春月尼が控え、万寿院は駆け込みをしてきた女たちに囲まれていた。

「いえ、別に……」

十四郎は苦笑して、そこに座った。

そう言えば、寺からの使いは万吉ではなくて、寺務所の手代だった。ひょっとしてお登勢は、万寿院の十四郎呼び出しを断ったのかもしれぬ。

それにしても何ごとかと、具合が悪いのではないかと急いで来てみると、万寿院は少々面やつれはしていたが、すっかり元気になっていた。

白帷子に濃紫の紗《しゃ》の衣を着け、万寿院は笑みを浮かべて十四郎を迎えたのである。

池の端から涼風がそよとよせると、紗の衣がふわりと揺れ、衣の下に透けて見える白帷子《しろかたびら》に、人には描くことのできない波のような紋様ができる。それが万寿院をいっそうゆかしく見せていた。

万寿院は女たちや春月尼も下がらせて、白帷子の裾を引いて部屋に入った。

そして、

「十四郎殿」

と呼んだ。

「はっ」

十四郎も座敷に入り、敷居際に庭を背にして座った。

「ちこう……」

万寿院が促した。

十四郎は膝行《しっこう》して間近に座った。

「持って参りましたか」

「はい」

「ではこれへ」

万寿院は、自分と十四郎の間に袱紗《ふくさ》を広げた。

十四郎は手代から、持っているお守り袋を持参するように言われていた。

そのお守り袋を、万寿院の示す袱紗の上に置いた。

万寿院も自身のお守り袋を出して、そこへ置いた。

——あっ。

十四郎は思わず声を出しそうになった。

万寿院のお守り袋は、しみひとつない美しい白鷺が羽を広げていた。十四郎の方は全体に傷んでいたが、紛れもなく二つのお守り袋は対《つい》にして作られたものだった。

万寿院も目を瞠って見詰めていたが、

「柳庵殿からお聞きして、もしやと思っておりましたが……念のため、中をあらためます。そなたはそちらを、わらわはこちらを開けてみましょう」

「あの、これはいったい……」

驚愕している十四郎に、万寿院は、

「話は後で……」

と言う。

「はっ」

十四郎は震える手でお守り袋を取った。

――なぜだ……。

という気がして、頭の中が混乱していた。

十四郎は袋を開け、中の貝殻を出して、掌の上に載せた。

薄い紅色の、可愛らしい桜貝だった。

幼い頃から、何度も袋の中の貝殻を出して眺めていたが、今日は特別のもののように見えた。

万寿院の掌の上の貝殻も同色だった。

「こちらへ」

万寿院に促され、十四郎が掌を差し出すと、白い指が伸びてきて、すいと貝殻を摘み上げた。

掌に、ひんやりとしてやわらかい感触が残った。

息を殺して見詰めている十四郎の前で、万寿院は、二つの貝殻を静かに合わせた。

貝殻は、ぴたりと合った。

「十四郎殿。ごらんなさい」

万寿院の声は喜びに溢れていた。

そして、じっと十四郎を見詰めると、

「まさか、まさかこのような所で早苗《さなえ》殿のお子に巡り合えるとは……」

と、目頭に袖を当て、横を向いて何度も押さえた。

十四郎はただ呆然と見詰めていたが、

「万寿院様、なぜ母の名を」

膝退《しったい》して手をついた。

「十四郎殿。もう、かれこれ三十年以上前にもなりますが、私が大奥に上がることが決まってすぐの事でした。私の叔母が飛鳥山《あすかやま》の観桜の宴に誘ってくれた事がありました。大奥に上がればそうそうたやすく外には出られません。私は、その時奉公をしていた白河藩《しらかわ》のお屋敷に一泊のお許しを願い出て参ったのですが……」

当時万寿院は松代《まつよ》と言った。

叔母が飛鳥山の桜は夜桜が美しいと言うので、松代たちは夕刻になって休憩していた麓《ふもと》の料理屋を出た。

ぼんぼりが桜道を山の上まで照らしていて、多くの人たちが賑やかに坂道を上っていた。

だが松代は、山を上る途中にひっそりと建っていた小さな神社が目にとまり、叔母にはすぐに後を追っかけると言い、一人でその神社に立ち寄った。

ところがその神社は子宝を願い、あるいは母子の行く末を願う神社で、参っているのは女たちばかりだった。

そこで松代は、早苗という嫁いだばかりの武家の妻女に会った。

参っていた女たちの中では、松代と早苗は年の頃も近く、どちらからともなく声を掛けた。

その早苗から、生き物は月夜の晩に産卵をするのだという神秘的な話を聞いて、松代はすっかり早苗と仲良しになった。

大奥に上がるのだと言えない松代は、自分も近々嫁ぐのだと早苗に言った。

すると早苗は、自分も子宝に恵まれたくて参ったが、こうしましょうと、すでに授かっていた桜貝の片方を松代に渡した。

早苗は、将来生まれてくる子のお守り袋も携えてきていて、その袋も一方を松代に渡したのである。

ちょうどこの夜は、柔らかい月の光が、ふりそそいでいた。

二人は神社にお参りをした後で、いつかお互い子供を抱いて再会できますようにと願いを込めて、桜貝をそれぞれの掌に置き、月のあかりを誘い入れた。

月あかりは、桜貝の紅色を一層美しく映し出していた。

二人は見合ってくすりと笑った。

かけがえのない友人を得たと、松代は思った。

月あかりと貝殻と、ひなびた神社と早苗と自分……この巡り合いにはなぜか運命のようなものを感じていた。

それは、若い娘の感傷だったのかもしれない。

だが、少女のようなこの約束は、大奥に上がってお万《まん》の方と呼ばれた時も、万寿院となってからも、少しも色あせる事はなく、むしろ年月を重ねるほど、万寿院にとっては貴重な体験として心に残っていたのである。

「そなたが、橘屋に雇われたと挨拶にここに参られた時、塙という姓、そして早苗殿の面差《おもざ》しが宿るそなたの顔に一瞬驚きましたが、まさかという気が致しておりました。それが、ひょんなことから、あれ以来、一度もお会いすることの叶わなかった早苗殿のお子だと知れるとは、早苗殿に会ったような、本当に嬉しい気持ちです」

万寿院は、また袖で涙を拭った。

——夢を見ている。

十四郎はしばらくそんな気がした。

だが、まもなく、目の前にいる美しい人と、若い母が約束を交わす姿が手に取るように、十四郎の脳裏に浮かんできた。

若い頃の母の顔がどのように初々《ういうい》しかったか、それは十四郎には知るよしもないが、華やかな小袖を着た二人が、いずれ恵まれるであろう我が子の幸せを、そんな時分から月に祈り、貝殻に託していたのである。

母というものは、それほど子の生を慈《いつく》しむものかと、十四郎は胸に迫るものを呑みこんで、言った。

「ありがたき幸せにございます。母も草葉の陰で、きっと喜んでいると存じます」

「十四郎殿。そなたが早苗殿のお子と分かったからには、私にとっても我が子のようなもの……」

「万寿院様……」

「生き甲斐が一つできました」

「私も、望外の喜びでございます」

「十四郎殿。できればずっと傍にいてくれぬか。楽翁様もそなたを頼りにしていますし、皆と力を合わせて、慶光寺を守りましょうぞ」

万寿院は嬉々《きき》として言った。

十四郎は言葉に詰まった。

胸にある屈託がそうさせた。

すると万寿院は、それを知ってか知らずか、

「楽翁様のことは、とやかく申すお人もおりますが、わたくしは、あのお方ほど懐の深い、志の熱いお方はいないと存じますよ。特に弱い人たちのためには労を厭わない温情の深さは、他にはございません。だからこそ私も不自由のない暮らしをしておりますし、この寺も存続しているのです。十四郎殿、よろしく頼みましたよ」

十四郎は平伏した。

手をとらんばかりにして言う万寿院の心を、裏切りたくはないと思った。胸のうちにある心を読まれたくないと思った。

──だが、はっきりさせなければ……。

顔を上げては頷けない。

十四郎は平伏したまま、ある決心を固めていた。

五

楽翁は、書見台《しょけん》から目を離すと、

「十四郎、おまえは何を言いたいのだ」

厳しい目で見詰める十四郎を見返した。

折から降り出した雨が、この書院の庭先にも落ちてきているようで、閉めた障子の向こうから、雨足の音が聞こえてきた。

楽翁の声がくぐもって聞こえたのは、その雨のせいかと思ったが、燭台のあかりに映る楽翁の顔は、心なしか憔悴《しょうすい》しているように見えた。

先程から楽翁は、書見をしながら、横顔で十四郎の話を聞いていた。

話というのは、むろん築山藩お取り潰しの一件であった。

十四郎は、自分が知り得たすべての話を順序立てて話していたが、その途中で楽翁が本を閉じ、十四郎にむいたのである。

「ですから、はっきりとご返答願いたい。あなたが、築山藩を潰せと、そう申されたのでございますね」

「そうだ」

低い声が返って来た。だが、はっきりとした声だった。

「何故でございますか。その理由をお聞かせ願いたい」

楽翁に詰め寄った。絶叫に近い声だった。

十四郎の胸には、怒りと切なさが同居していた。それが声音を尋常ならざるものにしていた。

奇《く》しくも楽翁と知り合うようになったいきさつと、その後、楽翁に惹かれていった自分の心――。

そして今日、思いがけず知った母と万寿院の深い絆。その万寿院が頼りとしているのが楽翁という縁――。

だが一方で、浪々の身となったその原因が楽翁にあったと知ってからの驚きと怒り――。

揺れる心の中を整理するには、真実を知るしかないと、楽翁の隠居所である白河藩の下屋敷、この『浴恩園《よくおんえん》』に押しかけてきたのであった。

「十四郎、物事には、表と裏があることを知れ」

楽翁は静かに言った。

十四郎は息を詰めた。

「築山藩お取り潰しは、どう考えても仕方のない事だった。今おまえがわしに申した話は表の話だ。百姓が食えなくて隠田を造る。そんな事でわしは潰したりはせぬ。困窮した藩が隠田を造っているという話は他にもある」

「ならばなぜ」

「築山藩の隠田は、飢えた百姓のためではなかったのだ。わしが調べたところでは、藩主の血縁の者たちが奢侈《しゃし》におぼれてつくった借金の穴埋めをするためのものだった。藩主はそれを知りながら、見て見ぬふりをした。いや、黙認していたのだ。それを知らずに開墾に駆り出された者たちは騙されていたのだぞ。十四郎、武士の世は、百姓が健全であればこそだ。その百姓を騙して荒れた土地を開墾させ、利益は自分の懐におさめようなどと、わしには許せん」

「藩お取り潰しは、間違っていなかったと……」

「そうだ。わしは政事《まつりごと》を行う者として、やるべきことをやったまでだ。十四郎、おまえがそれでもわしを許せんというのなら、いつでも斬れ」

楽翁は、いつもとは違う険しい目で、十四郎をじっと見た。

だがその表情には、一点の曇りもなかった。

十四郎は、膝退して、深々と手をついた。

「おまえと出会ったのは偶然だったが、のう、十四郎。誰がおまえのような好人物を、好んで浪人などにしたいものか」

楽翁は、必要ならば当時調べた書類を見せてやるから、出直して参れと言った。

十四郎が顔を上げると、

「いつかは、おまえに責められるのではないかと思っておった」

楽翁は微苦笑をたたえて言った。

二人はじっと見詰め合った。

耳朶《じだ》に、再び雨の降る音が聞こえてきた。


「美代が殺された……」

菅井のところに出かけようとしていた十四郎のもとに藤七がやってきて、美代が今朝殺されたと言ったのである。

十四郎が驚いて聞き返すと、

「笹竹につける短冊を買いに出て、知らせがきた時には、仙台堀に浮かんでおりました」

と言う。

「何……しかし何故橋屋の表に出たのだ」

「本人もまさか橋屋まで手が伸びてくるとは思っていなかったのでしょう。橋屋の女たちが短冊が足りないと騒いでいたのを聞きつけまして、そしたら私が買ってくると出ていったようでございます」

「分かった。美代の遺体は」

「橋屋で引き取りました」

「よし。行こう」

十四郎が藤七と橋屋に駆けつけると、仏間に美代が寝かされていて、金五と松波が枕元に座っていた。

「十四郎……」

金五が沈痛な顔で見迎えた。

美代は白い顔をして横たわっていた。

「十四郎、美代はな、浪人たち数人に囲まれていたそうだ。見た者がいる」

「浪人だと……」

「一人は坊主のなりをしていたそうだ」

「何……」

「十四郎殿。美代は一太刀で死んでいる」

側から松波が言った。

「奴らはきっと、豊原の飼い犬に違いない」

後をとって金五が言った。

「うむ」

十四郎は美代の枕元に座って、手を合わせた。

美代を守ってやれなかったという無念で一杯だった。

己が、築山藩の改易の真相を知るために奔走《ほんそう》していた間に、美代は、居場所を突き止められて殺されたのだ。

——敵《かたき》はとってやるぞ、美代。

十四郎が膝を起こすと、

「十四郎様……」

お登勢が入って来て、十四郎の前に美濃紙に書きつけた帳面を置いた。

「美代さんが部屋に残していたものです。これには豊原の屋敷で起きている様々な恐ろしいことがつづってあります。十四郎様に助けていただいたと美代さん、喜んでおりましたのに……」

「お登勢殿。美代の敵、俺に任せろ」

頷いて立つと、金五が言った。

「上には既に報告してある。近々豊原の屋敷に目付が向かう筈だ」

すると、松波も、

「塙さん。美代の書きつけで、饗宴に加わっていた者の名は知れている。それは、俺たちが捕縛する。ただ浪人たちだが、どこに巣くっているかご存じですか」

「知っている。知っているがもうそこにはおらぬだろう。奴らは今夜、楽翁様を襲うことになっている」

「何。十四郎、知っていておぬしは」

「金五……俺はこれからそこへ向かうつもりだった。楽翁様を救いにな」

「十四郎様」

お登勢が見詰めた。

十四郎は頷くと、橋屋の表に走り出た。

「待て、俺も行く」

金五の声が、後ろから追っかけてきた。

六

十四郎は御蔵前通りに架かる鳥越橋《とりごえ》の北側袂に立ち、西方に見える天文屋敷を振り返った。

手前には御蔵前片町《おくらまえかたまち》の家並みが横たわっているが、十四郎が立った場所から御蔵前片町の町の中をまっすぐ天文屋敷に向けて道が走っていて、その道がとぎれたあたりに天文橋がある。この橋を渡れば天文屋敷の門前に直結していた。

天文屋敷は水運の街、江戸の要地をうまく利用して、周囲に観測に邪魔な建物が顔を覗かせないように、三方を堀と川で囲み、残る一方には広小路を設けていた。

つまり、北側には新堀川に架かるゆうれい橋。東には、ここは新堀川の出口にあたるが、天文橋。そして南側には堀に架かる稲荷橋。西方が広小路になっていた。

天文台は、延享《えんきよう》元年(一七四四)の創設当時は、神田川の北側にある神田佐久間《さくま》町《ちよう》にあったらしいが、天明《てんめい》二年(一七八二)には今の場所に移されたと聞いている。

十四郎はむろん、一度も天文屋敷に足を踏み入れた事はないが、天文台には、天体を覗ける『簡天儀《かんてんぎ》』という物や、その高度を計る『象限儀《しょうげんぎ》』などという物が設置されていて、天文、暦術、測量、地誌の研究や、洋書の翻訳などを天文方がお役目としていると聞いていた。

手前の町屋の屋根には笹竹がなびいているが、天文屋敷はみるからに森閑《しんかん》として、月夜の中にひっそりと見えた。

屋敷の中央には塔のようにそびえ立つ建物があり、どうやらそこで天体を観測するらしいということぐらいは、十四郎にも分かる。

この天文屋敷に、楽翁は毎年、七夕の日に天体を観測にやって来ていた。

楽翁は若い頃から武道は勿論のこと、好学の公子であった。

学問の範疇《はんちゆう》も政治学から絵画、弦楽、風俗に至るまで多彩であった。

隠居してからは、地誌や天文にも興味を示し、七夕の日には天文台に登るのを楽しみにしていた。

菅井たちは、その話を聞きつけて、七夕の日に楽翁を襲おうと言ったのである。

昨夜、楽翁の屋敷を辞する時、十四郎は明晩の天文屋敷行きは見合わせてほしいと言ったが、楽翁は苦笑しただけだった。

十四郎が何を伝えたかったたか、楽翁には分かっていた筈だ。

だが楽翁の表情からは、中止はないと、十四郎にはそう言っているように見えた。

——この人は、天文台に必ず行く。

十四郎はその時、そう思った。

ただ、昨夜の雨が降り続いていたならば、天体観測は嫌でも中止になる筈だった。

十四郎はそれを願っていたが、雨は今朝になって止み、空は晴れて観測日和となったのである。

当然菅井たちも狙ってくる。

十四郎は楽翁が、築地から浅草御門を抜け、天文屋敷に行くとみた。

だから、浅草御門から天文屋敷の正門に通ずる二つの橋袂に、金五と手分けして立ったのである。

つまり金五は、稲荷橋の袂で立っている筈である。

どちらかに菅井たちが現れれば、指笛で合図するという手筈だった。

十四郎がここに来て、すでに待つこと一刻あまり、鳥越橋には、先ほど虚無僧《こむそう》が一人過ぎていっただけで、人の行き来は絶えていた。

更に四半刻（三十分）が過ぎた頃、鳥越橋の南の袂に、武家数名に警護された塗駕籠が渡ってきた。

――楽翁様か……。

目を凝らしたその時、一行の後ろから浪人五人が一丸となって走ってきた。

――来た。

十四郎は塗駕籠めがけて走りより、後ろから追ってきた浪人たちの前に立ち塞がった。

「ここはお任せ下さいませ」

十四郎が塗駕籠にむかって言った。

塗駕籠はいったん静止したが、十四郎が声を掛けると、そのまま舵を左にとって、天文屋敷の道に入った。

「退け、十四郎」

菅井が前に出た。

「いや、退かぬ」

十四郎が両手を広げた。

「何故だ。何故、楽翁を庇う」

「菅井、そちらの方こそ、引け。これ以上罪を重ねるな」

「おまえは、築山藩を潰された恨み、忘れたか」

「菅井さん、もう止めるんだ。豊原伊予守は近々成敗《せいばい》を受けるぞ。仕官の話どころか、おまえたちも罪を問われる」

「十四郎殿。ならばなおさら、楽翁を倒さねば、死んでも死に切れません」

梶川だった。梶川は狂ったように、菅井の後ろから絶叫した。

十四郎は、ずいと出て、

「おまえたちは騙されている。騙されて、美代という女まで斬った」

「そんなことは大事の前の小事だ……菅井、こ奴から斬れ」

浪人が叫び、同時に飛び掛かって来た。

「死ね」

だが十四郎の刀が鞘走った時、浪人の首から血がほとばしり、十四郎と菅井の間にどたりと落ちた。

「貴様」

一斉に刀を抜いた菅井たちが、十四郎を中心にして広がって、扇のように陣を組んだ。

「もう一度言う、止めろ」

十四郎が言う。

「それはこっちで言う台詞《せりふ》だ。正義はどちらにあるか考えろ、十四郎」

「馬鹿な。俺だって藩改易には憤りがある。だがな菅井、もっと許せないのは、浪人となった者の無念さを利用して、人斬りをさせる豊原伊予守だと思わぬのか。豊原は微塵《みじん》もおまえたちの苦しみなど分かっていない筈だ。そういう奴らの口車に乗って、恥を知れ」

十四郎は、言い放った。

昔の仲間を斬りたい訳がない。

十四郎の苦しい叫びを聞いてほしいと思ったが、血気に逸《はや》った菅井たちには、通じないようだった。

「問答無用。貴様と口論はこれまでだ。斬れ、十四郎を斬れ」

菅井が叫んだ。

その時であった。

天文橋の方から、金五が走ってきた。

「十四郎、なぜ指笛を吹かなかった」

金五も抜刀して、十四郎の右手に立った。

刹那、十四郎の左手から、浪人が打ち込んできた。

十四郎も同時に踏み込み、二人は交差して立ったが、浪人はすぐに第二撃を打ち込んで来た。

鹿のような敏捷さを持つ男だと思った。

十四郎が、第二撃も躱して、体をくるりと向けた時、金五が激しく撃ち合う音を聞いた。

「金五」

浪人と菅井を見据えたまま叫ぶ。

「大事ない。一人片付けた」

金五の声が返ってきた。

菅井は、刀を正眼に構えたままで、十四郎の動きをじっと見ている。

おそらく菅井は、一方の浪人に呼応して、十四郎が少しでも体勢を崩した時に、一撃で仕留めようと思っているらしい。

菅井の剣を、十四郎は知らぬ。

知らぬが、構えから察するに、けっして油断ならない不気味さがあった。

「うわっ」

金五の叫びに気をとられた時、再び浪人が飛んできた。

上段から来たその剣を、十四郎は己から斬り込んで相手の刀を横に払い、浪人の肩から下に、袈裟懸《けさが》けに斬った。

浪人は刀を振り上げたまま、くるりと一回転すると、体をねじるようにしてのけぞって、頭から落ちた。

奇妙な音がした。

地面に叩きつけられて、頭部の骨が割れたと思った。

「見たぞ。一刀流、切落《きりおとし》の術……斬り込ませて、その隙を撃つ」

菅井が言った。

菅井はずいと出た。

「俺は、そ奴のようには、いかぬぞ」

不敵な笑いを見せた。

だが、目はかっと見開いて、十四郎にぴたりと剣先を当ててきた。

——菅井は何流。

思う間もなく、菅井が突然足を踏み変え、剣先を左手斜めに下げて、するすると一方に移動した。

十四郎もそれに合わせて移動して、正眼に構えて立った。

するとまた、菅井が足をすって移動した。

十四郎も移動していく。

十四郎には、ここに来るまでに誓っていた事がある。

見知らぬ浪人はともかくも、昔の同僚を、こちらから先に撃ちにはいくまいと決めていた。

せめて、それが十四郎の最後の思いやりだと思っていた。

だから菅井の移動に任せて、十四郎も移動した。

菅井は、先ほどの浪人との斬り合いを見て、自分から斬り込んでは十四郎の思う壺だと思ったらしい。

それが左右に行ったり来たりの移動となったようである。

何度かの移動の後で、

「ふっ……」

菅井が笑った。

いや、溜め息かもしれないと思った。

月の光に、菅井の顔が異様に青白く見えた時、

「行くぞ」

待つのが我慢ならなくなったのか、菅井が言った。

同時に小走りしてきて、飛び上がった。

十四郎は振り下ろしてきた剣を躱し、再び正眼に構えて立った。

二人の間はおよそ二間。

「鬼に魂を売った野良犬め」

菅井が憎々しげに言った。

「違う。菅井、俺の話を聞け」

「黙れ」

菅井は叫ぶと、上段に構えて、がむしゃらに走ってきた。

十四郎も走った。

二人は刀を撃ち合って、走り抜けた。

足をとどめて振り向いた時、菅井の倒れるのが見えた。

「十四郎……」

金五が呼んだ。

振り向くと、金五に刀を飛ばされ、へたりこんだ梶川が見えた。

金五が、どうするっと言うように見た。

「梶川……」

十四郎が刀を鞘におさめながら近付いた時、

「うっ」

梶川が小刀を腹に突き立てた。

「梶川……」

「か、介錯《かいしやく》を……」

「……」

「十四郎、俺は途中から気づいていたのだ。だが、だが、せめて、一片の夢を見たかった」

「梶川……」

「頼む。武士として死なせてくれ。介錯を……」

十四郎は、頷いて立ち、再び刀を抜いた。

きらりと、月光に刃が光った。

刹那、梶川の首が、皮一枚を残して落ち、梶川は首を抱えるようにして俯せにそこに倒れた。

十四郎は、刀を摑んだまま、梶川の遺体の側に膝を落として泣いた。

——何故にこうなる。

激しく息を漏らす十四郎の肩を、金五がぐいと摑んで来た。

「十四郎……」


「やだやだやだ、おいら、やだ」

十四郎が橘屋に出向くと、玄関先で、万吉が笹竹にしがみついて泣いていた。

「駄目よ、もう七夕様は三日も前に終わったの。その手を放しなさい」

お民が万吉を叱りつけ、竹にしがみついている手を、無理やり竹から放そうとして争っていた。

「お民、どうしたのだ」

「十四郎様、言ってやって下さいませ。万吉っちゃんが、笹竹を川へ流すのは嫌だって聞かないの」

「ほう……万吉、なぜ無理を言うのだ」

「だって、おいら、せっかく書いたんだよ。おとっつあんに会いたい、おっかさんに会いたいって……その短冊を流したら、おいらの願いも流れてしまうじゃないか。おいら、お星様に聞き届けてもらえるまで、流したくないんだ」

「そうか……だがな、万吉。短冊は、川に流すからお星様が願いを叶えてくれるんだぞ」

「本当……」

「ああ、本当だとも、だから皆流すんじゃないか。川は海に繋がり、海は余所《よそ》の土地に繋がっている。おまえが書いた短冊も、川が運んでいってくれるんだ、おっかさんのもとにな」

「分かったよ、十四郎様。おいら、流してもいいよ。はい、お民ねえちゃん」

万吉はけろっとして笹竹を放し、お民に渡した。

「もう、万吉っちゃんは、お登勢様と十四郎様の言うことは聞くのに、どうしてあたしの言うことが聞けないのかしら」

お民は、ぷりぷり怒って、笹竹を持って表通りに走り出た。

「十四郎様……」

お登勢の声が中から聞こえた。

「じゃあ、後でな」

万吉の頭を撫でて、中に入った。

「駆け込みか」

十四郎が聞くと、お登勢はくすくす笑って見詰めてきた。

豊原伊予守は目付に踏み込まれて即刻切腹のお沙汰が下ったと聞いている。饗宴に参加していた者たちも連座して、相応のお裁きを受けるだろう。

一応の決着を見て、お登勢がほっとしたのは分かるが、どうも妙だと見返すと、

「お聞きしました。万寿院様から……」

「何を」

「しらばっくれて。でも、私しか知りません。安心して、大切なお品、見せて下さいな」

お登勢は、明らかにお守り袋のことを言っているらしい。

「そうだった……すまぬ、急ぎの用を思い出した。駆け込みじゃないのなら、また来る。ん、そうしよう。じゃあな」

橘屋を飛び出した。

「十四郎様」

お登勢の声が追いかけてきた。

十四郎は、後ろも見ずに仙台堀に向かって駆けた。

二〇〇三年五月　廣済堂文庫刊

光文社文庫

長編時代小説
螢《ほたる》　籠《かご》　隅《すみ》田《だ》川《がわ》御《ご》用《よう》帳《ちよう》㊂
著者　藤《ふじ》原《わら》緋《ひ》沙《さ》子《こ》

2016年7月20日　初版1刷発行
2017年9月10日　3刷発行

発行者　鈴木広和
印刷　堀内印刷
製本　ナショナル製本

発行所　株式会社　光文社
〒112-8011　東京都文京区音羽1-16-6
電話（03）5395-8149　編集部
8116　書籍販売部
8125　業務部

ISBN978-4-334-77325-0　Printed in Japan

組版　萩原印刷